Jan Wagner

Die Eulenhasser in den Hallenhäusern

Drei Verborgene

Gedichte

Hanser Berlin

Dieses Buch entstand während eines einjährigen Aufenthalts in der Deutschen Akademie Rom Villa Massimo.

Unser gesamtes lieferbares Programm und viele weitere Informationen finden Sie unter www.hanser-literaturverlage.de

2. Auflage 2017

ISBN 978-3-446-24030-8

Umschlag: Peter-Andreas Hassiepen, München
Satz: Greiner & Reichel, Köln
Druck und Bindung: CPI – Ebner & Spiegel, Ulm
Printed in Germany

FSC www.fsc.org
MIX
Papier aus verantwortungsvollen Quellen
FSC® C083411

Für Richard Mutt

Inhalt

Theodor Vischhaupt

Philip Miller

Vorwort: Die Verborgenen

Vielleicht ist es nicht ganz falsch, alle Dichter als Verborgene zu bezeichnen. Denn selbst die wenigen unter ihnen, die ihr Tun einen Beruf zu nennen wagen, weil sie ihre Zeilen in Zeitschriften oder gar in Büchern gedruckt sehen dürfen, erreichen nur eine so lachhaft geringe Anzahl ihrer Mitmenschen, daß es fast richtiger wäre zu sagen, sie erreichen überhaupt niemanden. Auch sie üben im Grunde so gut wie unbemerkt ihre zwar alte, aber karg besoldete Kunst aus, weit weg von den Aufregungen und den Schlagzeilen, den hektischen Tagesaktivitäten und dem Wirbel der Märkte, nie erfaßt vom grellen Scheinwerferlicht. Nicht wenige von ihnen werden sich glücklich schätzen, so gänzlich unbeobachtet, so unbeachtet zu bleiben – ist doch nichts schädlicher für ein Gedicht als die Hast und nichts seinem Gelingen abträglicher als das lakaienhafte Lauschen auf Lob und Applaus. Und sie alle, die heute irgendwo ganz in unserer Nähe und in aller Stille ihrem Geschäft nachgehen, das keines ist, sie alle wissen, daß von den Hunderten und Aberhunderten von Dichtern, die ihnen vorangingen in der langen Geschichte der Poesie, fast allen erst viele Jahrzehnte nach ihrem Tod Anerkennung und eine bescheidene, wenn auch treue Leserschaft zuteil wurden, wenn überhaupt.

Nicht zuletzt der Zufall aber hat über Schicksal und Nachruhm selbst der Größten entschieden. Eine Laune nur, ein falscher Entschluß hätten genügt, um auch ihre Werke für immer ins Dunkel zu verbannen, und mit ihnen all die klangvollen Namen, die für uns Heutige gleichbedeutend sind mit der Schönheit, uns Nachgeborenen soviel markanter und klarer scheinen als jene letztlich abstrakten Wörter wie Imagination und Poesie, daß ihre bloße Erwähnung im kleinen Kreis der begeisterungsfähigen Leser leuchtende Augen und zustimmendes Nicken erzeugt. Ohne ein paar zufällig erhaltene Zitate in alten Schriften, ohne einige durch pures Glück nicht zerstörte Papyrusstreifen – welchen Klang hätten für unsere Ohren heute die zwei Silben »Sappho«? Wäre die unverheiratete Miss Emily Dickinson nicht mehr und nicht weniger gewesen als eine sonderbare junge Frau, die mit Vorliebe weiße Kleider trug, sich in ihre Kammer zurückzog und nur äußerst selten von den Nachbarn bei Amherst in Massachusetts gesehen wurde, wenn nicht die erfolgreiche Schriftstellerin Helen Hunt Jackson auf ihre Verse aufmerksam geworden wäre, wenn nicht Lavinia Dickinson sich nach dem Tod der Schwester um die Publikation der Manuskripte bemüht hätte? Was für ein Verlust wäre es gewesen, wenn Nadeschda Mandelstam nicht das gesamte Werk ihres Mannes auswendig gelernt hätte, um es über die Zeit stalinistischer Verfolgung zu retten. Eine winzige Drehung, und alles verharrt im Schweigen. Ein Schritt, der unterbleibt, eine Tür, die sich nicht öffnet, vielleicht nur ein Regenschauer, ein Knöchelbruch, ein Zug, der ausfällt, eine Uhr, die nachgeht, und alles nimmt eine gänzlich andere Richtung. Und vielleicht wüßten wir ebensowenig von einem blinden Sänger im antiken Griechenland und damit nichts von Helena, Troja und dem hölzernen Pferd; vielleicht wäre das Wort Shakespeare nichts als ein zufälliger und nicht einmal die Lokalhistoriker interessierender Eintrag in irgendeinem schweinsledernen, seit Jahrhunderten nicht mehr aufgeschlagenen Register in der unbedeutenden Kleinstadt Stratford am ebenso unbedeutenden Fluß Avon.

Umgekehrt ist es ein Leichtes, sich vorzustellen, was alles noch im Dunkel liegt und seiner Entdeckung harrt, was aus Bescheidenheit in einer Schreibtischschublade verschlossen ist und was über die Jahre vergessen wurde, bloß nicht vom Staub, in einem fleckigen Überseekoffer auf einem lange nicht mehr betretenen Dachboden. Es müssen wahre Reichtümer sein, die nur auf den richtigen Augenblick warten, um sich uns, ihren möglichen Lesern, zu offenbaren – oder aber diesen Augenblick verpassen und auf ewig unberührt bleiben. Wer weiß schon, wem wir in Zukunft einen Moment wahrhafter Poesie zu verdanken haben werden, die jetzt schon in der Welt sein mag, aber noch nicht enthüllt ist? Einem Lastwagenfahrer aus den kolumbianischen Bergen um Medellin? Einem provenzalischen Winzer? Einer Dorflehrerin in Nigeria?

Drei Dichter möchte diese Anthologie vorstellen, Anton Brant, Theodor Vischhaupt und Philip Miller, deren Werke dem Herausgeber auf unterschiedlichste Weise begegneten, mal dank seines eigenen Forscherdrangs, mal infolge der Aufmerksamkeit von Freunden und Bekannten – eigener und solcher der Autoren selbst. Daß alle drei bereits hier und da veröffentlicht worden sind und sogar, wenn auch in bescheidenstem Umfang, Gegenstand wissenschaftlicher Untersuchungen wurden, widerspricht nicht dem eingangs Gesagten: denn der Leser wird keinen der drei Dichter kennen. Und so verschieden diese Verborgenen auch sein mögen hinsichtlich ihrer Herkunft, ihres Stils, ihrer grundlegenden poetischen Überzeugungen, so erfreulich wäre es doch, wenn er nach der Lektüre keinen von ihnen mehr vergäße. Der Herausgeber seinerseits würde sich schon glücklich schätzen, wenn es ihm mit diesem Buch gelänge, Brant, Vischhaupt und Miller zumindest für die Dauer der Lektüre dem Vergessen, der ewigen Abwesenheit zu entreißen, durch die Präsentation ihrer Leben und ihrer Werke dafür zu sorgen, daß sie einen Augenblick lang vortreten – nur um dann, wie Walt Whitman einmal schrieb, sich »umzudrehen und zurück ins Dunkel zu eilen«.

Jan Wagner, Berlin und Rom 2011/2012

Anton Brant

Einführung in Leben und Werk Anton Brants

Der sechste Sohn einer holsteinischen Bauernfamilie erblickt das Licht der Welt dort, wo es fast genau auf Höhe des Meeresspiegels auf die nahrhafte Erde der Marsch trifft, nur wenige Zentimeter über Normalnull also – sofern nicht dichte Sturmwolken über das ebene Land jagen oder ein schier nicht enden wollender Nieselregen den Tag verdunkelt. Anwesend sind an diesem denkwürdigen Septembermorgen des Jahres 1932 neben der erschöpft in die bestickten Kissen zurücksinkenden Mutter Josephine, geborene Wurzmann, Anton Brants Vater Sebastian und der bereits über siebzig Jahre zählende Großvater Johann Nepomuk, die ihrerseits ein ganzes Leben auf diesem Hof hoch im Norden verbracht haben – sowie der einäugige Tierarzt aus der Umgebung und eine eigens aus der Stadt angereiste Hebamme, die sich mehr aufs Weben als auf Wehen versteht und in ihren freien Minuten Französisch lernt. Es ist kurz nach neun, und alle Kühe, so erzählt man sich später, beginnen gleichzeitig und wie auf ein geheimes Signal hin zu brüllen, während der Hahn von den herb duftenden Zinnen seines Misthaufens fünfmal kräht und eines der Hühner im Stall ein golden schimmerndes Ei legt.

Es ist eine Welt fast ohne Bücher, in der Anton Brant aufwächst und der er treu bleibt, denn zeit seines Lebens wird es nur wenig Gedrucktes in seinem Haushalt geben: die alte Familienbibel, ein zerschlissenes Wörterbuch der deutschen Sprache, ein noch von seinen Eltern erworbenes, an den Seitenrändern etwas vergilbtes *Konversationslexikon* von Meyer und das Anfang der siebziger Jahre für den eigenen Bedarf und für die vier Kinder erstandene *Enzyklopädische Lexikon* aus demselben Verlag. Papier und Stift werden in Brants Elternhaus vor allem für Abrechnungen und Kalkulationen, für Bestellungen und Mahnungen benötigt. Dafür gibt es jahrein, jahraus die Schrift des ersten Frosts auf den Feldern, die tägliche Lektüre der

Wolkenformationen und der Sterne, die entscheidend sein können für Aussaat und Einfuhr, für die Verzweiflung über den vergeblich vergossenen Schweiß und das Glück einer unerwartet reichen Ernte. Es gibt die Erzählungen abends am Tisch, während der Ruhepausen im Heu und beim Abschreiten der Felder, auf denen das Korn im Wind zu schwanken, zustimmend zu nicken beginnt; es gibt die Anekdoten und die hemmungslosen Prahlereien in der Schenke »Zur goldenen Ähre«, in die der junge Anton Brant seinen Vater an den Wochenenden begleitet, um ein Glas Limonade vom Wirt geschenkt zu bekommen, und wo er später selbst seine Pfeife stopfen und flunkern wird, ohne es dabei je zu übertreiben.

Der Hof der Familie Brant, deren Stammbaum tief in die Vergangenheit reichende Wurzeln hat, liegt unweit des bekannten Backsteinidylls Friedrichstadt mit seinen pittoresken Grachten, dort also, wo die Flüsse Eider und Treene ihre auch im Sommer kühlen Wasser bündeln und gemeinsam, aber ohne Eile, die wenigen verbleibenden Kilometer bis zur Nordsee zurücklegen. Das noch näher am Hof gelegene Dörfchen Petersweiler, dessen hingewürfelte Häuser man vom Dach der Scheune aus sehen kann, besitzt eine Schule mit einem einzigen Klassenzimmer, in dem Anton Brant Lesen, Schreiben und die Grundrechenarten lernt und genug Wissen über den Kosmos sammelt, um als etwas gebildeter als mancher andere durchgehen zu können. Gleich neben der Schule steht eine gedrungene, etwas trotzig wirkende weiße Kirche, deren früh gealterter und mit Fistelstimme predigender Pastor dem Jungen Konfirmationsunterricht erteilt und ihn so in die Mysterien der Religion einweiht. Trotzdem ist es erstaunlich, daß ausgerechnet dieser Junge vom flachen Land eine Leidenschaft für Gedichte entwickelt – ohne von Elternhaus oder Erziehern an das Reich der Dichtung herangeführt worden zu sein, ohne einen Lehrer der Poesie, eine Art Meister oder doch wenigstens ein leibhaftiges Vorbild zu haben, dem sich nacheifern ließe – wenn man vom Liedgut des Nordens, von protestantischer Kirchenmusik und Volksdichtung einmal absieht, von denen nur wenige Spuren in seinen Gedichten zu finden sind. Anton Brant ist sein eigener Lehrer, gezwungen, sich das poetische Handwerk selbst beizubringen – und somit Lehrer und Schüler zugleich. Hinzu kommt, daß er sich keinerlei Tradition verpflichtet fühlen muß, daß keine inhaltlichen Gemeinplätze ihn hemmen und keine formalen Zwänge ihn einengen, daß es ihn folglich auch nicht drängt, gegen eine Tradition aufzubegehren und mit dem Überkommenen zu brechen: Er weiß nichts davon, so wenig wie von Konkurrenten und Vorläufern. Er schreibt für sich selbst, schöpft aus sich selbst – und aus dem Reichtum, der ihn seit Kindertagen vertraut und überschaubar rings umgibt: aus der herben Schlichtheit der schleswig-holsteinischen Landschaft mit ihren gedeckten Farben und dem weiten Himmel über ihr, aus Feldern und Weiden, Flüssen und Meeren. Er bedichtet Saatbeete und Rübenernte, Feldhäcksler und Futtersilos, vergißt weder die Mühen des bäuerlichen Daseins, die entkräftende Routine, noch die Freuden und die Feierstunden, die vor diesem Hintergrund nur um so heller leuchten.

Von den vielen hundert Gedichten, die so im Laufe der Jahre entstehen, ahnt kaum jemand etwas. Wohl weiß seine Frau Anna, die er liebt und die seine Liebe erwidert, daß er so manchen Abend allein und mit dem Formen von Versen verbringt. Auch wissen seine beiden Töchter und seine beiden Söhne nur zu gut, daß er sich in seinen freien Stunden in sein »Gemach« zurückzieht, wie die Familie es halb spöttisch, halb ehrfürchtig nennt, und daß an diesen Abenden außer dem Kater Maximus und dem Hofhund Lothar niemand das schmale, holzgetäfelte Zimmer zwischen Küche und Stube betreten darf – hier widmet er sich, manchmal bis spät in die Nacht, seiner »Kladde«, seinem Arbeitsjournal also, das er anschließend in einer Schublade des Schreibtisches einschließt. Sogar die Nachbarn wissen von seinen sonderbaren Neigungen zu berichten, und in der Petersweilerschen Dorfschenke »Zur goldenen Ähre« spricht man manchmal scherzend von dem »Marschpoeten« oder dem »Landesdichter« und stößt ihm augenzwinkernd den Ellenbogen in die

Seite. Doch niemand außer seiner Frau bekommt seine Gedichte zu lesen, niemandem, nicht einmal ihr, trägt er sie vor. Und selbst Anna Brant ahnt bis zum Tod ihres Gatten nicht, daß er schon ab den frühen sechziger Jahren Gedichte an Zeitschriften und Verlage schickt – keine allerdings, die einem Literaturkenner oder Kritiker vertraut wären, keine, von denen die eitlen literarischen Connaisseure der Großstädte sinnreich zu plaudern wüßten, sondern solche, die ihm aufgrund seiner bäuerlichen Tätigkeit bekannt sind und deren Fachpublikationen zu landwirtschaftlichem Gerät, zu Saatgutpreisen und agrikulturellen Neuerungen er vielfach selber als treuer Abonnent bezieht.

Währenddessen gehen die Jahre vorüber, besucht er sonntags den Gottesdienst, geht mit den Kindern Angeln oder Schlittschuhlaufen, vergehen Sommer, Herbst und Winter, um einem neuen Frühling zu weichen. Den Hund streichelt er, den Kühen gibt er zärtliche Spitznamen. Einem Châteauneuf-du-Pape zieht er ein Bier und einen Klaren jederzeit vor. Er wird älter. Und manchmal überreicht ihm der Landbriefträger größere Umschläge und Päckchen mit dem Vermerk »Drucksache« oder »Büchersendung«, die er ins geheime Gemach trägt, ohne auch nur ein Wort darüber zu verlieren, ohne ihren Inhalt jemals zu präsentieren.

Erst als sein Herz ihm nach fünfundsechzig Jahren den weiteren Dienst versagt, erfährt die Familie, erfährt die Welt, die noch immer störrisch Petersweiler heißt, vom gewaltigen Umfang seines poetischen Œuvres. Man findet ihn, den Großvater von sechs Enkelkindern, mit Oberkörper und Gesicht im flachen und trüben Wasser des Teiches ganz in der Nähe seines Hofes, beide Beine im Schilf. Seine Pfeife ruht noch warm in der rechten Hand, ja, es wirkt, als habe er in einem letzten Impuls die Hand, seine alte Pfeifen-und-Poesie-Hand, zum trockenen Ufer ausgestreckt, um wenigstens dieses Rauchutensil, dieses lebendige Ding am Erlöschen, am Vergehen, am endgültigen Erkalten zu hindern. Ein Frosch sitzt auf seiner rechten Schulter und quakt der bleichen Mittagssonne des Nordens etwas Melancholisches zu. Ein Reiher fliegt auf, als die Kinder und Anna, vom zitternden Knecht benachrichtigt, jammernd und klagend aus dem Hoftor laufen und sich mit eiligen Schritten dem Gewässer nähern.

Literatur

Brant, Anton: »Gedichte«. In: *Die Wurzel. Literaturzeitschrift des Verbands Deutscher Gemüsezüchter*. Augsburg 1965, 1967, 1969, 1973, 1976, 1980 und 1982.

Brant, Anton: »Gedichte«. In: *Grubber und Egge. Jahresschrift des Schwäbischen Erntemaschinenverbands*. Biberach 1975, 1979, 1985, 1990 und 1995.

Brant, Anton: »Gedichte«. In: *Der Schwedenreiter. Magazin für literarische Ernten*. Heilbronn 1974, 1976, 1977 und 1980.

Brant, Anton: »Gedichte«. In: *Lese. Poesie- und Naturjournal*. Neustadt an der Weinstraße 1984, 1987, 1990 und 1992.

Brant, Anton: *Zwanzig Gedichte*. Agrikulturverlag S. Börnsen, Braunschweig 1975.

Brant, Anton: *Ich habe das Land gelernt. Gedichte*. Agrikulturverlag S. Börnsen, Braunschweig 1986.

Brant, Anton: *Große Ernte. Sämtliche Gedichte*. Verlagshaus Heinze & Steckmann, München 2004.

Brant, Anton: *Die Kladde. Eine Faksimileausgabe seiner Notizbücher und Schmierzettel*. Herausgegeben von Peter Schmitz und Dr. Veronika Schütte. Verlagshaus Heinze & Steckmann, München 2010.

Bäumler, Prof. Dr. Miriam: »Marmor, kostbarer als Marmor. Kulturelle und agrikulturelle Anspielungen und Verweise bei Anton Brant«. In: *Schnitte. Zeitschrift für angewandte Kulturwissenschaft*. Berlin 2010.

Brant, Anna: *Ich, Muse und Melkerin. Mein Leben zwischen Versen und Färsen*. Neuer Landwirtschaftlicher Verlag, Husum 2000.

Brant, Ferdinand: *Mein Vater Anton Brant. Erinnerungen*. Neuer Landwirtschaftlicher Verlag, Husum 2006.

Eimsbüttler, Prof. Dr. Hugo: »Binnenreim und Bauernraum. Die Klangstruktur in den Gedichten Anton Brants«. In: *Komparatistik heute*. Göttingen 2007.

Schmitz, Peter: »Von Dups und Dalle, Hippe und Hude – Regionalismen und landschaftliches Vokabular in den Gedichten Anton Brants«. In: *Lingua*. Tübingen 2008.

Schütte, Dr. Veronika: »Brant: Naturbursche und Naturtalent«. In: *Neue Kritik*. Jena 2009.

Glossar landschaftlicher Wörter

abgeschlagen = erschöpft
abknappen = abknapsen
abledern = verprügeln
abliegen = gut werden, reif werden
abspänen = entwöhnen
Abtritt = Abort
acheln = essen
akkurat = genau
alert = munter, flink
allezeit = immer
anmengen = Mehl anmengen, anrühren
Atzel = Elster
Aue = flaches Wiesengelände
ausbeinen = Knochen vom Fleisch lösen
ausglitschen = ausrutschen
auswinden = auswringen
Bange = Angst
Barfrost = Frost ohne Schnee
Beize = Wirtshaus
belzen = sich vor der Arbeit drücken
Bembel = Weinkrug
Be(e)te = Wurzelgemüse
Biege = Krümmung
Bla(c)he = Plane, Wagendecke, grobe Leinwand
Blaukraut = Rotkohl
Bontje = Bonbon
Botten = (Pl.) Stiefel, klobige Schuhe
Brausche = Beule, v. a. an der Stirn
Bricke = Neunauge
Brotzeit = Zwischenmahlzeit, vormittags
Christfest = Weihnachten
Dalle = Delle
dämpfig = schwül
Delle = Vertiefung, Beule
Drasch = lärmende Geschäftigkeit, Hast
Dreingabe = Zugabe
Dups = Gesäß
Dutte = Zitze
Egerling = Champignon
Eichkatze = Eichhörnchen
Eierschecke = eine Kuchensorte
Enkel = Fußknöchel
Erdbirne = Kartoffel
Espan = Viehweide
Fahrdamm = Fahrweg
Feime = Getreidehaufen, Schober
Fitsche = Tür-, Fensterangel, Scharnier
flacken = flackern
Flappe = schiefer Mund
Flatschen = großes Stück, breiige Masse
Flecke = (Pl.) Kutteln
Föhre = Kiefer
friemeln = basteln

füßeln = unterm Tisch Berührung suchen
Gehlchen = Pfifferling, Gelbling
Geriß = Wetteifern
Geschwisterkind = Neffe, Nichte
gesotten, Gesottenes = Gekochtes
Gewann(e) = Ackergrenze, wo der Pflug gewendet wird
Gewende = Ackergrenze
Gickel = Hahn
gickeln, gickern = kichern
Gleiße = Hundspetersilie
Glitsche = Schlitterbahn
Glumse = Quark
Gosche, Gusche = Mund
Gote = Pate, Patin
Gottesacker = Friedhof
Grabscheit = Spaten
grandig = groß, stark
Griebs = Kerngehäuse des Obstes
grummeln = rollendes, polterndes Geräusch verursachen
Grünland = Grasland
Gruppe, Grüppe = Wassergraben, Rinne
Hackepeter = angemachtes Hackfleisch
Hagelschloße = Hagelkorn
Hansel = unfähiger, dummer Mensch
Heufeim(e)(n) = Heuhaufen
Hiefe = Hagebutte
Hinkel = (junges) Huhn
Hippe = Ziege
Hoppelpoppel = Bauernfrühstück
Hubbel = Unebenheit, kleiner Hügel
Hude = Weideplatz
Hupf = Sprung
Husche = Regenschauer
huscheln = ungenau arbeiten
Hutung = dürftige Weide
juchen = jauchzen
Kabuff = kleiner, dunkler Nebenraum
Kalasche = Tracht Prügel
kalaschen = prügeln
Kaluppe = schlechtes, baufälliges Haus
Karbonade = gebratenes Rippenstück
Karner, Kerner = Räucherkammer
Karnickel = Kaninchen
Kasserol = Kasserole
Kesselfleisch = Wellfleisch
auf dem Kien sein = wachsam sein, gut aufpassen
kirnen = (Erbsen) ausschoten
Kladde = Schmierheft, Geschäftsbuch
Klei = fetter, zäher Boden
klimperklein = sehr klein
Klinse, Klinze = Ritze, Spalte
klitschig = feucht und klebrig; unausgebacken
Knacker = Knackwurst
Knast = Knorren, Brotkanten
Knaster, Knast(e)rer = verdrießlicher, mürrischer (alter) Mann
knastern = verdrießlich brummen
Knaul = Knäuel

Knick = Hecke als Einfriedung
Kniepaugen = kleine, lebhafte Augen
Knobel = (Finger)knöchel, Würfel
Knorren = Knoten
Knorz = Knorren
knubbeln = sich drängen
Kober = Korb (für Esswaren)
kollern = kullern
Korste = Endstück des Brotes
Kracke = altes Pferd
krankfeiern = arbeitsunfähig sein
Kratzbeere = Brombeere
krauchen = kriechen
krauten = Unkraut jäten
Krengel = Brezel
Kressling = Kresse
Krieche = eine Pflaumensorte
Kufe = Bottich, Kübel
Kuller = kleine Kugel
Kumst = (Sauer)kohl
Kürste = (harte) Brotrinde
Lauser = Lausbub
ledern = prügeln
Leimsieder = langweiliger Mensch
lose = locker
Luch, Lüche = Sumpf
lugen = ausschauen, spähen
Lünt = Schweinenierenfett
machulle = ermüdet
Mähder = Mäher
marmeln = mit Marmeln spielen
Marone = (geröstete) essbare Kastanie
Merle = Amsel
mickern = sich schlecht entwickeln
Mißwachs = der, dürftiges Wachstum
muckisch = launisch
Mumme = Malzbier
Murkel = kleines Kind
Nachmahd = Grummet
nackert = nackt
Nickel = boshaftes Kind
nuddeln = nuckeln
Obstler(in), Öbstler(in) = Obsthändler, Obstschnaps
Olle = Alte
Panzen = dicker Bauch
parlamentieren = hin und her reden
Peluschke = Ackererbse
Peterle = Petersilie
pichen = mit Pech überziehen
pickern = essen
Piepel = kleiner Junge
pietschen = ausgiebig Alkohol trinken
Plinse = Eier- oder Kartoffelspeise
Protz = Kröte
pullen = urinieren, auch pullern
pumpern = laut und heftig klopfen, rumoren
Quackelei = ständiges, törichtes Reden
Quack(e)ler = Schwätzer
quackeln = zu viel und töricht reden
Quarkkuchen = Käsekuchen
Quatsch = Matsch

Quetsche = Zwetsche
quick = schnell, rege
Räbchen = frecher Bengel
Rahm = Sahne
Range = unartiges Kind
Ranken = dickes Stück Brot
rappeltrocken = völlig trocken
Ratz = Ratte
Reff = Rückentrage
Reibekuchen = Kartoffelpuffer
Richte = gerade Richtung
Rigole = tiefe Rinne, Abzugsgraben
Rodel = Kinderrassel
Roßapfel = (scherzhaft) Pferdekot
Rotwurst = Blutwurst
rubbelig = rauh, uneben
ruckeln = ein wenig rucken, sich ruckartig bewegen
rummeln = lärmen
rumsen = krachen
sauen = (beim Schwein) Junge bekommen
Schaff = Schrank
Schaffer = tüchtiger Mann
Scheit = Spaten
schepp = schief
scherbeln = tanzen
schesen = eilen
Scheuer = Scheune
schiffeln = Kahn fahren
Schiller = zwischen Rot und Weiß spielender Wein
schirken = einen flachen Stein übers Wasser hüpfen lassen
Schlage = Hammer
schlampampen = schlemmen
Schleckwerk = Süßigkeiten
Schlegel = (Kalbs-, Reh-)keule
Schlickermilch = Sauermilch
schlickern = schwanken, schlittern
Schliere = schleimige Masse
schlierig = schleimig, schlüpfrig
Schlipper = abgerahmte, dicke Milch
Schloße = Hagelkorn
schlußendlich = schließlich
Schmackes = Schwung, Wucht
Schmant = Sahne
Schmer = Bauchfett des Schweines
schmurgeln = in Fett braten
schnäken = naschen
Schnauf = (hörbarer) Atemzug
Schneckennudel = ein Hefegebäck
schnuffeln = schnüffeln
schnullen = saugen
Schoppen = Schuppen
Schummer = Dämmerung
Schüppe = Schippe
schuppen = stoßen, stoßend schieben
Schurre = Rutsche
schusseln = schlittern
Schwarzfleisch = durchwachsener geräucherter Speck
Seich, Seiche = Urin

sich sielen = sich mit Behagen hin und her wälzen
Söller = Dachboden
sömmerig = einen Sommer alt
spack = dürr, eng
spänen = entwöhnen
spill(e)rig = dürr
Spleiße = Span, Splitter
spleißen, splissen = fein spalten
Stielmus = Gemüse aus Rübenstielen und -blättern
Stipp = Kleinigkeit, Punkt, Tunke
auf den Stipp = sofort
stippig = gefleckt, mit Pusteln besetzt
Stopfen = Stöpsel, Kork
Storger = Landstreicher
sich stremmen = sich anstrengen
Stürze = Topfdeckel
Stuten = (längliches) Weißbrot
Sudel = Schmutz, Pfütze
Süffel, Süffler, Süffling = Säufer
Taps = Schlag
titschen = eintunken
Trumm = großes Stück, Exemplar
Tummel = Rausch
Türe = Tür
überbleiben = übrigbleiben
vermükert = klein, schwächlich
es verschlägt nichts = es nützt nichts
wamsen = verprügeln
Wasen = Rasen
Welschkraut = Wirsing
wibbelig = nervös
wiebeln = sich lebhaft bewegen
Wies(en)wachs = Grasertrag der Wiesen
Wippsterz = Bachstelze
Woog = Teich; tiefe Stelle im Fluß
Wutz = Schwein
Zaine = Flechtwerk, Korb
zeiseln = eilen, geschäftig sein
zimpern = zimperlich sein oder tun
Zippdrossel, Zippe = Singdrossel
zuhorchen = zuhören
zutschen = lutschen, saugen

Die Grenzen

Der Vater wurde noch gewamst –
Sein Schulbuch war die aufgeschlagene
Rechte meines Großvaters. So lernte
Er Grenzen: eine Tracht Prügel, wo
Die Felder endeten, Fremde begann,
Hinterm Gewende, hinterm Gewann;
Nach jedem Unterricht tintenbekleckst
Von Prellungen und Striemen, jeder Hieb
Ein Eintrag. Diese Karte blieb.

Zeiten ohne Zimpern; er selbst hingegen
Lederte uns nimmer, klopfte uns höchstens
Auf die Schulter, wenn wir uns stremmten,
Den ganzen Tag nicht huschelten. So
Beim Bau des Zauns.

Er fuhr uns hinaus, bevor der erste Gickel
Sich plustern konnte – uns und den grandigen
Burschen, an dessen Namen sich niemand
Erinnert, dessen Waden tätowiert
Mit Krampfadern waren.

Ausgesetzt mit den Gräsern, dem Schilf,
Unter dem grünen Raubvogelauge
Der Wasserwaage: wir,
Vor einer steigenden Sonne salutierend,
Klitschnaß vom Schweiß, mit einem Atomium
Von Fliegen über den Köpfen,
Und vor uns Spannbügel, Schlage und Grabscheit,
Der Lochspaten mit seinen lackierten

Hummerschaufeln, rotgekocht vom Mittag;
So walzten, walzerten wir die schweren
Pfosten herbei und peilten die Richte an,
Rammten das Holz mit Schmackes in den Grund.

Aue, Espan, Koppel, Luch,
Die Jammerföhren, der langsame, trübe
Flußarm und sein schlickbrauner Ärmel,
Perlenbesetzt von Möwen. Ich habe
Das Land gelernt – auch ohne Kalasche,
Mit einer Spleiße im Finger.

Am Abend jedenfalls stand er,
Spannte seine singenden Drähte
Wie eine große Harfe für die Nacht.

Der Vater: Sebastian Brant, der von 1895 bis 1960 lebte. | **meines Großvaters**: Johann Nepomuk Brant (1860–1935), Vater von Sebastian und Großvater von Anton Brant. Der Hof wurde bereits von ihm bewirtschaftet, wenn auch die Gestalt von Wohnhaus und Scheune eine vollkommen andere war. | **Felder endeten, Fremde begann**: Eimsbüttler zitiert unter anderem diese Passage, diese zwei Zeilen mit den Reimpaaren »endeten/Gewende« und »begann/Gewann«, um nachzuweisen, daß es sich bei Brant keinesfalls um einen naiven Dichter handele, daß er vielmehr irgendeine Art von Ausbildung genossen haben müsse, die weit über den an der Dorfschule üblichen Unterricht hinausging – oder aber einen Meister hatte, von dem weder seine Witwe Anna noch seine Kinder etwas wußten und wissen. Namen nennt Eimsbüttler allerdings nicht (Eimsbüttler, Prof. Dr. Hugo: »Binnenreim und Bauernraum. Die Klangstruktur in den Gedichten Anton Brants«. In: *Komparatistik heute*. Göttingen 2007). | **Hieb**: Auch der reine Paarreim »Hieb/blieb« wird von Eimsbüttler ins Feld geführt – wie fast vier Dutzend weiterer Passagen in diversen Gedichten

Anton Brants, von denen einige auch in der vorliegenden Auswahl präsentiert werden. Es wird nicht bei jeder Gelegenheit notwendig sein, auf Professor Eimsbüttlers Thesen zu verweisen. | **Bau des Zauns**: »Und daß der Zaun, von dem er geschrieben hat in seinem Gedicht mit dem Titel ›Die Grenzen‹, daß dieser alte Zaun immer noch stand, darauf war mein Vater mächtig stolz und zeigte uns das alte Gatter bei jeder sich bietenden Gelegenheit, erzählte dann auch gerne und schön von seiner Kindheit. Als ich noch klein war, hob er mich manchmal hoch und setzte mich rittlings auf den Zaun, lachte dabei sein tiefes, bauchiges Höhlenlachen.« (Brant, Ferdinand: *Mein Vater Anton Brant. Erinnerungen*. Neuer Landwirtschaftlicher Verlag, Husum 2006.) | **den grandigen Burschen**: »Anton hatte bei ein oder zwei Gelegenheiten, wenn wir nach dem Abendessen zusammensaßen oder gemeinsam durch die verschneite Landschaft zum Weihnachtsgottesdienst gingen, einen Knecht erwähnt, der während seiner Kindheit anscheinend immensen Eindruck auf ihn gemacht hatte: einen hünenhaften, über zwei Meter großen Mann (was vielleicht eher der Wahrnehmung des Knaben entsprach und nichts mit der wirklichen Körpergröße des Knechts zu tun hatte), den er einmal als Joost bezeichnete, ein andermal, nach längerem Nachdenken, als Jens. Aber da lag Antons Kindheit auch schon lange zurück, waren viele Gesichter verschwommen und verblaßt, hatten sich einige Namen in der Erinnerung verändert oder waren ganz gelöscht worden.« (Brant, Anna: *Ich, Muse und Melkerin. Mein Leben zwischen Versen und Färsen*. Neuer Landwirtschaftlicher Verlag, Husum 2000.) | **Atomium**: Das von dem Architekten André Waterkeyn für die Weltausstellung von 1958 entworfene Atomium in Brüssel ist auch in *Meyers Enzyklopädischem Lexikon* aus den siebziger Jahren zu finden, das Anton Brant zur Verfügung stand und in dem er regelmäßig blätterte. | **Spannbügel**: Ein Gerät, das unter anderem beim Zaunbau benutzt wird und dem Straffen der Drähte dient. | **Flußarm**: Vermutlich handelt es sich hierbei um einen der beiden Flüsse Treene und Eider. | **Land**: »Ganze Strophen hindurch nutzt Brant mal Binnenreime, mal ein raffiniertes System von Assonanzen, errichtet er also ein Klanggefüge, das die gesamte Struktur, die dem Leser auf den ersten Blick ja weder klassische Strophen noch sonstige regelmäßige Einteilungen bietet, formal zusammenhält – so wie hier die assonierende Kette ›Land – stand – spannte‹.« (Eimsbüttler)

Schur

Im Frühjahr kommt der Alte vorbei
Mit seinen zwei Lausern im Schlepptau;
Ein Knasterer und Schaffer vorm Herrn,
Verborgen hinter Bart und Hut,
Aber keiner, der quackelt, und quick mit der Schere.

Das biblische Tier, das bockt und wiebelt,
Sich gegen die Jungens stemmt, die sich unterhaken
Bei seinen Schneckenhörnern wie Galane,
Es weiterschieben, weiterzerren,
Zu ihm, der dasteht wie Abraham selbst.
Das Opfer, das es bringt, ist keines:
Ein Drittel seines Gewichts, schon steigt ein Rauch
Von Zigarillos in den Morgenhimmel.

Der Schraubstock der Knie, das Drahtseil der Arme:
Am Anfang ruckelt es noch, muckt auf,
Doch als es merkt, es verschlägt nichts, wird es
Ganz ruhig und akzeptiert, betrachtet
Die eigene Schur fast interessiert, lehnt sich
Zurück in den weichen Sessel seiner selbst.

Wie uralt die Szene ist, wie alles
Still wird, sich zusammenballt drum herum:
Kein Schnauf von ihm, vom Andern kein Meckern;
Zwei Ringer, die durch die Stellungen gehen,
Die Positionen üben, konzentriert
Und ab und zu wie zur Skulptur erstarrt.
Wirklich, denke ich: Er führt die Schere
Wie einen Meißel, stutzt und kappt und feilt
An einem Marmor, kostbarer als Marmor.

Die Kehle ist rappeltrocken
Nach solch einer Wuchterei, doch ahnt man bloß
Die Abgeschlagenheit, wie machulle er ist:
Er steht noch dünn und lang in seinen Botten,
Zäher als ein Glockenstrang,
Und nur die Hand, sie zittert ein bißchen,
Als er den Schnaps an die Gosche führt.

Das Viech, das die Last des Winters nicht mehr spürt,
Nur Leichtigkeit, macht einen Hupf – also packen
Sie zu, die beiden Hanseln, einer vorn
Und einer hinten, schleppen es zurück
Zur Wiese als seine eigene Sänfte,
Setzen es ab im fetten Gras,
Und die Sänfte wird sanft, wird Schaf.

Im Frühjahr: Tatsächlich ist bei gewissen Schafrassen eine Schur bis zu zwei Mal pro Jahr möglich, wie Anna Brant in einem Gespräch anmerkte. | **der Alte**: »Ruben Hartmann hieß der wortkarge Schrat, eine drahtige Erscheinung, die uns Kindern wirklich unheimlich war – sobald er um die Ecke bog, wir ihn einen Feldweg herunterkommen sahen, auf uns zu, rannten wir schreiend davon – etwas lauter schreiend, kann sein, als nötig gewesen wäre. Es gab sogar Abzählreime mit seinem Namen.« (Brant, Ferdinand: *Mein Vater Anton Brant. Erinnerungen*. Neuer Landwirtschaftlicher Verlag, Husum 2006.) | **Mit seinen zwei Lausern**: Ob es sich um die Söhne, um Lehrlinge oder zwei angestellte Saisonarbeiter handelte, wissen weder die Witwe noch die Kinder Anton Brants mit Sicherheit zu sagen. | **biblische Tier ... Abraham**: Natürlich ein Verweis auf das 1. Buch Mose (Genesis 12–25). Die Bibel war eines der wenigen Werke, die Anton Brant im Haushalt zu jeder Zeit zur Verfügung standen. | **Zigarillos**: Brant selbst rauchte seine Bent-Pfeife aus Bruyère-Holz, wenn er sich zu Hause aufhielt, vor allem wenn er sich in seine Kammer zum ungestörten Schreiben zurückzog (vergleiche das Gedicht »Die Vergnügungen«); auf dem Feld hingegen und unterwegs führte er häufig eine Schachtel Zigarillos mit sich, die »unchristlich stanken und mir nicht in die Stube gekommen wären, da konnte er Gift drauf nehmen und das wußte er auch« (Brant, Anna: *Ich, Muse und Melkerin. Mein Leben zwischen Versen und Färsen*. Neuer Landwirtschaftlicher Verlag, Husum 2000). | **Marmor**: Siehe dazu Bäumler, Prof. Dr. Miriam: »Marmor, kostbarer als Marmor. Kulturelle und agrikulturelle Anspielungen und Verweise bei Anton Brant«. In: *Schnitte. Zeitschrift für angewandte Kulturwissenschaft*. Berlin 2010. | **führt ... spürt**: »Gelegentlich dient der Reim bei Brant auch der Anbindung einer Strophe an die vorhergehende, trägt der Klang den Leser über einen thematischen Bruch hinweg, überspannt der musikalische Bogen den kurzen Augenblick der Stille, der Leere, der Kluft des weißen Papiers.« (Eimsbüttler, Prof. Dr. Hugo: »Binnenreim und Bauernraum. Die Klangstruktur in den Gedichten Anton Brants«. In: *Komparatistik heute*. Göttingen 2007.)

Blitze

Der Tag, an dem mir die Hippe entkam,
War der Tag, an dem man mich zur Strafe
Allein in den dämpfigen Söller sperrte,
Um, wie mein älterer Bruder sagte,
Den Sturm einmal lieben zu lernen.

Seit Stunden weideten die schwarzen
Wolken über den Wiesen, fraßen
Vom Licht. Das Horizontegrummeln, dieses
Flacken am Rand – und kaum ein Geräusch,
Bis auf die Frösche im Woog wie nasse
Gummihandschuhe. Dann das erste Rumsen.
Und ich, vermükert und bang,
Mit nichts als einem trockenen Ranken,
Der Blitzmilch draußen.

Ein Vetter, der ins Wetter kam
Und Zuflucht suchte unter einem Baum:
Diese Geschichte erzählte man lang.
Der Blitz fuhr in ihn wie der Marder
Ins Hühnerhaus und räumte ihn leer.
Nach Ewigkeiten erst kam der Arzt
Hinaus zur Familie, trug die Nachricht
Behutsam wie ein letztes heiles Ei.

Am nächsten Tag gab es Schneckennudeln
Und Schlipper. Jene Hippe aber fand ich
Erst Jahre später hinterm Knick,
Weit weg von zu Hause: eine havarierte
Gewitterfront, ein sauberer Satz
Von gleißenden Blitzen, zwischen die Gleiße gestreut.

Der Tag, an dem mir die Hippe entkam: »Jeder kann von einem solchen Ereignis in seiner Kindheit erzählen, glaube ich, das sich unauslöschlich eingebrannt hat – auch wenn alle anderen es längst vergessen haben, ja kaum glauben wollen, daß es so jemals stattgefunden hat. Mein Mann aber schwor Stein und Bein – auch, daß es später Schneckennudeln und nichts anderes gab.« (Brant, Anna: *Ich, Muse und Melkerin. Mein Leben zwischen Versen und Färsen*. Neuer Landwirtschaftlicher Verlag. Husum 2000.) | **zur Strafe**: Ein scheinbarer Widerspruch zum ersten der hier vorgestellten Gedichte, »Die Grenzen«, in dem Sebastian Brant als durch und durch gutmütiger Vater eingeführt wird, der nicht mehr »geledert« habe. Veronika Schütte macht aber zu Recht darauf aufmerksam, daß ein gewisser Unterschied bestehe zwischen einer direkten körperlichen Züchtigung und einer zwar von uns heutigen Lesern als drastisch empfundenen, trotz allem aber ohne unmittelbaren Körperkontakt auskommenden Strafe, wie sie »früher auf dem Land durchaus an der Tagesordnung gewesen und daher normal gewesen« sei (Schütte, Dr. Veronika: »Brant: Naturbursche und Naturtalent«. In: *Neue Kritik*. Jena 2009). | **mein älterer Bruder**: Holger Brant (1930–1955), der im Alter von nur fünfundzwanzig Jahren bei einem Mähdrescherunfall ums Leben kam. »So verschieden sie waren, so sehr hat mein Mann seinen älteren Bruder geliebt, ja vergöttert, auch wenn das der Leser seines Gedichts über Blitze vielleicht erst mal kaum glauben würde.« (Brant, Anna.) | **Woog**: Ein Woog kann zweierlei sein, ein Teich oder eine tiefere Stelle in einem Fluß. Brant benutzt das Wort in beiden Bedeutungen: Hier handelt es sich um den kleinen Teich in der Nähe des Hofes, während anderswo eine Stelle von Treene oder Eider gemeint sein muß (siehe dazu das Gedicht »Die Vergnügungen«). | **bang ... lang**: Vergleiche Eimsbüttler, Prof. Dr. Hugo: »Binnenreim und Bauernraum. Die Klangstruktur in den Gedichten Anton Brants«. In: *Komparatistik heute*. Göttingen 2007. | **Ein Vetter**: Nämlich Friedrich Wriggers (1938–1997). | **Diese Geschichte erzählte man lang**: Das stimmt tatsächlich: Beide, Anna Brant und Ferdinand Brant, gehen in ihren Erinnerungen auf diese Geschichte ein, die zum festen erzählerischen Bestand der Familie Brant gehört haben muß – und als gern und oft gebrauchte Warnung vor Gewittern den Kindern gegenüber.

Ein Kater

Da vorne, im Gras, wie liegengelassen
Und schwärzer als ein Geigenkasten.

Gepicht von Kopf bis Fuß, nur nicht
Die Spitze seines Schwanzes, der Stipp
Von Weiß: Wie aus Versehen
In eine Dose Lack getitscht. Als würde
Er eine Hagelschloße balancieren.

Der letzte seines Wurfs, weil er dem Wurf
Ins Wasser entkam. Nicht gut für vieles,
Doch immerhin da mit seinem scheppen Ohr,
Dem Souvenir an die Begegnung
Mit irgendeinem Storger, stärker
Als er ist. Ratze fangen? Besser
Spräche man beim Ratz persönlich vor.

Lieber kraucht er beim Feld durch die Grüppe,
Lugt hinter der Kufe hervor und lauert
Auf Eichkatz, Wippsterz, Zippe,
Auf die metallisch schimmernde Atzel am Tor.
Streicht jenen gewaltigen Wesen nach
Und weicht den Schritten aus, hypnotisiert
Von Eutern, schweren Pendeln voller Milch.

Die Straßenlaternen frühabends, präzise
Wie Flohbisse. Er huscht den Hexenbuckel
Der Hude hinunter, verliebt in den Himmel
Und diese gigantische Schüssel
Mit Schmant, die irgendeine Hand ihm füllt,

Webt sein Schnurren um unsere Beine,
Wenn er es möchte, ignoriert
Die bettelnde Rechte, scheint zuzuhorchen,
Als ob er uns versteht, springt dann vom Schoß.

Er hinterläßt eine Botschaft
Aus Mäusen, reibt sich an der Fitsche, zur Türe
Hinaus ins Dunkel, in seine ureigenste Nacht,
Durch den schmalen Spalt zwischen Steppe und Stube.

Kater: Der Hofkater Maximus, den die Familie Brant von 1965 bis 1976 besaß. | **liegengelassen … Geigenkasten**: Ein weiterer unreiner Reim, auf den Professor Eimsbüttler aufmerksam macht. | **Grüppe … hervor … Zippe … Tor**: »Was sich hier, in dem vierten Absatz beziehungsweise der vierten Strophe des Brantschen Gedichts ›Ein Kater‹ verbirgt, ist nichts anderes als ein kreuzgereimter Vierzeiler – der allerdings mit viel Geschick verschleiert wird, weniger mit dem eher unreinen Reim von Grüppe auf Zippe als mit jenen dem Reimwort ›hervor‹ nachgestellten Wörtern ›und lauert‹ – ein rein optischer Trick natürlich, denn das geübte Ohr nimmt das wahre Zeilenende durchaus wahr.« (Eimsbüttler, Prof. Dr. Hugo: »Binnenreim und Bauernraum. Die Klangstruktur in den Gedichten Anton Brants«. In: *Komparatistik heute*. Göttingen 2007.) | **jenen gewaltigen Wesen**: Hiermit sind offensichtlich die Kühe gemeint, deren Weide sich, wie auch der Stall, in unmittelbarer Nähe des Haupthauses befand. | **Flohbisse**: »Wie das aussieht, das weiß wohl jeder, der als Landkind hin und wieder eine Nacht im Heuschober verbracht hat.« (Brant, Ferdinand: *Mein Vater Anton Brant. Erinnerungen*. Neuer Landwirtschaftlicher Verlag, Husum 2006.) | **zwischen Steppe und Stube**: Schütte weist in ihrem lesenswerten Aufsatz auf eine Reihe von Passagen und Wendungen hin, in denen sich Brants feines Gespür für die Sprache zeigt, ist aber unsicher, inwieweit es erlernt oder angeboren ist. So weit wie Eimsbüttler geht sie jedenfalls nicht (Schütte, Dr. Veronika: »Brant: Naturbursche und Naturtalent«. In: *Neue Kritik*. Jena 2009).

Das Heu

Die Nachbarn ernteten zeitig
In diesem Jahr: Wir sahen die Feime
Hinter ihren Zäunen liegen
Wie müde, zottelige Yaks.
Und warteten.

Nicht zu früh und nicht zu spät:
Die ganze Kunst. Sobald im Grünland
Die Gräser blühen, wird nicht mehr gebelzt;
Niemand feiert krank bei Mahd oder Grummet,
Mit einem Mond als einziger Sense,
Stumpf und ruhig über Mähdern, Maschinen,
Schon rostend, wenn wir den gesamten Wieswachs
Zum Trocknen auf den Stoppeln lassen,
Ihn einmal täglich wenden,
Nur eine Seite vom großen Buch Heu.

Später die aufrechten runden Ballen,
Die müden Arme, wenn die Sonne tief steht
Und Schatten aus ihnen hervorkriechen läßt
Wie dunkle Schnecken, ihre Häuser ziehend,
Nach Osten, immerzu der Nacht entgegen.

Die Nachbarn: Östlich des Hofes befanden sich – und befinden sich noch heute – die weitläufigen Ländereien der Familie Petersen, westlich hinter den Brantschen Feldern und Weiden lag das Gelände der Molkerei Lüttke. | **In diesem Jahr**: Nämlich im Jahr 1981. Das Gedicht findet sich in einigen zunächst deutlich längeren Versionen in Anton Brants »Kladde«; in der vorliegenden, von Brant augenscheinlich als endgültig angesehenen Form ist es eines der kürzesten Gedichte, die wir von ihm besitzen. | **Yaks**: Die Abbildung eines solchen Tieres, das für gewöhnlich in Zentralasien anzutreffen ist, findet sich in Brants Ausgabe von *Meyers Enzyklopädischem Lexikon* aus den siebziger Jahren. Die Seite mit dem kleinen Schwarzweißfoto ist mit einem eingelegten Papierstreifen markiert, ausgerissen offenbar aus einer Ausgabe des *Friedrichstädter Anzeigers* aus dem April 1981.

Die Vergnügungen

Ab und zu ein Zirkuszelt,
Das zwischen die Hügel fällt,
Sich wie ein weißer Rochen niederläßt
Für ein paar Wochen, dann verschwunden ist.

Die Brotzeit unter einem Baum
Mit Bembel, Knacker, Korste
Und einer Decke aus kühler Seide,
Die nur der Schatten der Krone ist
Und einen Tisch nicht braucht.

Die Piepel mit Rodel und Marmel,
Im Winter mit einer Glitsche am
Gefrorenen Woog, im Sommer
Am Fluß mit einer Angel oder schirkend,
Während die Kreise durchs Wasser wachsen,
Die Umlaufbahnen der Insekten kreuzen.

Das Scherbeln, wenn im Mai die Scheuer
An ihren Lampions zu schweben scheint,
Bei Bällen, die nichts für Leimsieder sind,
Mit Pietschen und Posaunen,
Mit Füßeln unter den Bänken
Und Küssen im Kabuff.

Das Knobeln in der Beize
Mit einem Obstler, einem Schiller,
Dem leichten Tummel des Samstags.
Das Schiffeln hinter dem Schilf.

Die Pfeife abends, die Kladde;
Natürlich Anna, die schon genauso lachte,
Als sie an jenem Morgen vom Kuhstall kam,
An jedem Arm ein schwappender Bottich,
Justitia mit Milch.

Wie wir johlten, als Jensen
Das Jungschwein einrieb mit Lünt oder Schmer,
Mit einem Taps übers Dorffest jagte,
Wie wir das schlierige Tier zu fangen suchten,

Das schrie, als ob man es spleißen würde,
Und jedem Griff entglitt, unser Geriß,
Bis alle ratlos im Sudel saßen,
Ein Haufen lachender, verschwitzter Kerle.

Vor Sonnenaufgang der Gesang der Merle.

ein Zirkuszelt: »Einmal im Jahr ungefähr – in manchen Jahren aber auch gar nicht, aus Gründen, von denen wir nie etwas erfuhren, aber sehr zur Enttäuschung der Kinder – kam der kleine Wanderzirkus Rohde in unsere Gegend: Eine willkommene Abwechslung inmitten der gewohnten und immer gleichen Abläufe.« (Brant, Anna: *Ich, Muse und Melkerin. Mein Leben zwischen Versen und Färsen*. Neuer Landwirtschaftlicher Verlag, Husum 2000.) »Einmal nahm mich mein Vater an der Hand und wir schlichen um das Zelt herum, hin zu den Wohnwagen und den Käfigen mit ihrem stechenden Geruch. Plötzlich stand ein Clown auf Stelzen vor uns, weiß geschminkt und mit roter Pappnase – und fing an, nur für uns zu jonglieren, während irgendwo neben uns ein Löwe brüllte.« (Brant, Ferdinand: *Mein Vater Anton Brant. Erinnerungen*. Neuer Landwirtschaftlicher Verlag, Husum 2006.) | **Zirkuszelt ... fällt ... niederläßt ... verschwunden ist:** Siehe zu diesen vier Zeilen auch Eimsbüttler, Prof. Dr. Hugo: »Binnenreim und Bauernraum. Die Klangstruktur in den Gedichten Anton Brants«. In: *Komparatistik heute*. Göttingen 2007. | **Piepel**: Die zwei Söhne Ferdinand und Johann sowie die beiden später geborenen Töchter Emilia und Petra, das jüngste der Brantschen Kinder, die von allen nur Pips gerufen wurde. | **Bällen**: Diese Scheunenfeste, wie man sie auf dem Land nach wie vor recht häufig findet, wurden zum Beispiel zu Hochzeiten, aber auch zum Erntedankfest und am Maianfang veranstaltet. | **Küssen im Kabuff**: Brant lernte seine spätere Ehefrau Anna Hinrichs bei einem solchen Fest im Jahre 1950 kennen – und man kann davon ausgehen, daß er nicht nur allgemein an die bei solchen Zusammenkünften üblichen Turteleien dachte, sondern auch und insbesondere an die erste Begegnung mit Anna. Sie selber jedenfalls widmet diesem Abend und dieser Nacht beim Tanz in den Mai des Jahres 1950 eine lange und ergreifende Passage in ihrem Buch mit Erinnerungen. | **Tummel des Samstags**: Anton Brant besuchte gelegentlich die Dorfschenke »Zur goldenen Ähre«, war aber alles andere als ein Stammgast – und nur selten so betrunken, daß am nächsten Tag nichts mit ihm anzufangen gewesen wäre. | **Pfeife abends**: Siehe die Anmerkung zum Gedicht »Schur«. | **Kladde**: Ein kleines Juwel für Liebhaber der Brantschen Poesie ist die reich ausgestattete, sorgfältig bearbeitete und im verdienstvollen Verlagshaus Heinze & Steckmann erschienene Ausgabe der Brantschen Arbeitsbücher (Brant, Anton: *Die Kladde. Eine Faksimileausgabe seiner Notizbücher und Schmierzettel*. Herausgegeben von Peter Schmitz und Dr. Veronika Schütte. Verlagshaus Heinze & Steckmann, München 2010). | **Anna**: Brants Ehefrau Anna wird immer wieder namentlich in den Gedichten genannt, Schütte zählt allein vierzig Stellen in den gesammelten Gedichten auf, an denen dies der Fall ist (siehe Schütte, Dr. Veronika: »Brant: Naturbursche und Naturtalent«. In: *Neue Kritik*. Jena 2009). Vergleiche hierzu auch das Gedicht »Das Ende des Winters«. | **Justitia mit Milch**: Vergleiche Bäumler, Prof. Dr. Miriam: »Marmor, kostbarer als Marmor. Kulturelle und agrikulturelle Anspielungen und Verweise bei Anton Brant«. In: *Schnitte. Zeitschrift für angewandte Kulturwissenschaft*. Berlin 2010. | **Jensen**: Jens Jensen war bis Mitte der achtziger Jahre, als er hochbetagt starb, der weit über die regionalen Grenzen hinaus bekannte Wirt der Dorfschenke »Zur goldenen Ähre«. | **Kerle ... Merle**: Siehe zu diesem abschließenden Paarreim auch Eimsbüttler.

Kröten

Der Roßapfel neben dem Enkel
Ist eine von ihnen, der klitschige
Flatschen bei der Rigole
Auch. Der feuchte braune Stein,
Mit dem man den Saum der Plastikblahe
Beschwert hat, beschwert sich
Und fängt eine Fliege, taucht ab.

Hinterm Abtritt, dem Kratzbeerenbusch,
Beim Krauten in den Beeten, auf der Hutung
Oder unter der Schurre, im Schatten;
Ein Hubbel Lehm, eine Unebenheit
Im Sichtfeld oder gleich Dutzende,
Gleich Hunderte von ihnen, hinter
Dem Gottesacker der Erde entspringend,
Als spränge die Erde selbst, als lernten
Klei und Quatsch zu hüpfen, eine ganze
Auferstehung von Kröten.

Was man über sie sagt: kaum Gutes.
Verspritzt ihr Gift, läßt die Geschwüre blühen.
Bläht sich im Zorn bis zum Zerplatzen auf.
Klebt den Kühen am Euter, zutscht
Den Schreienden die Milch aus bei Nacht.
Und Nickeln, die den Eltern
Nur Böses wollen, wächst sie aus dem Mund.

Trotzdem sind wir stets auf dem Kien,
Damit wir sie nicht zertreten, helfen ihr
Sogar in der Biege über den Fahrdamm.

Wie sie fast stolz auf der Schüppe thront,
Ein Protzenkönig ohne Krone
Und ohne Land. Wenn du dich traust,
Trag sie auf deiner Hand, so alt, so kalt
Wie etwas, das lange im Brunnen lag.

Die roten Augen, die rubblige Schlierenhaut,
Mit Brauschen übersät, die breite
Flappe, ihr gewaltiger Dups: ein Trumm,
Der wibbelig und voll Bange ist,

Dir unvermittelt über die Finger pullt –
Ein Schwall von Seich, zuviel für diesen Körper,
Als winde man einen Putzlappen aus,
Und plötzlich spürst du sie, die Panikpumpe,
Ihr winziges, pumperndes Herz.

Kratzbeerenbusch: »Man kam abends mit zerstochenen Händen und randvollen Körben nach Hause – und wußte (und vergaß darüber die Pikser), daß es nur wenig später die köstlichste Marmelade der Welt und fetten Brombeerenquark geben würde.« (Brant, Ferdinand: *Mein Vater Anton Brant. Erinnerungen*. Neuer Landwirtschaftlicher Verlag, Husum 2006.) | **Gottesacker**: Der Friedhof hinter der kleinen Dorfkirche, auf dem später auch Anton Brant selbst beigesetzt wurde. | **eine ganze / Auferstehung von Kröten**: Ein Verweis auf die Offenbarung 20, 5–13. Siehe auch die Anmerkung zu dem Gedicht »Schur«. | **Was man über sie sagt**: Tatsächlich entspricht all das im Folgenden Aufgezählte dem Volks- und Aberglauben, wie man ihm auf dem Land teilweise noch heute begegnet. | **Brunnen ... Brauschen ... breite** sowie **pullt ... Putzlappen ... Panikpumpe ... pumperndes**: »Immer wieder setzt Brant das Mittel der Alliteration ein, manchmal über viele Zeilen hinweg, manchmal insistierend, geradezu hämmernd, immer aber äußerst kunstvoll, und steigert das Gedicht so zum Gesang.« (Eimsbüttler, Prof. Dr. Hugo: »Binnenreim und Bauernraum. Die Klangstruktur in den Gedichten Anton Brants«. In: *Komparatistik heute*. Göttingen 2007.)

Das Sauen

Drei Monate, drei Wochen und drei Tage,
Dann rollt die Wutz sich zur Seite
Wie ein besoffener Offizier,
Die Beine ausgestreckt und nur noch
Zusammengehalten vom Doppelreiher
Der Zitzen, eine seufzende Masse Fleisch.

Nichts ist hungriger als ein neues Ferkel,
Das durch die Klinse in die Welt hinabstürzt,
Hier mit Schnauze, dort mit Schwanz voran,
Zum ersten Mal seine Kniepaugen öffnet.
Und sie, die sich nie umsieht, keine
Der nackerten Kuller leckt – sie duldet, liegt
Sechs Stunden lang wie eine warme Fabrik.

Kaum da, heißt es reisen, um die Mutter
Herum, ums Panzenkap, die müden Haxen:
Es schlickert und schusselt, glitscht aus und schest
Davon, zieht noch den offenen Gürtel
Der Nabelschnur hinter sich her.
Vorsicht, wenn sie sich bewegt,
Sich ihr Gewicht verschiebt und eines
Darunter gerät: dann kreischt es wie ein Löschzug.

Nach Stunden sind alle versammelt,
Knubbeln als Knaul ums Gesäuge – jedes
Vollkommen, jedes alert, und schuppt
Um eine Dutte, die nur ihm gehört,
Nuddelt, schnuffelt, schnullt: Fanatische
Süffler, rosige Pilger – sie glauben

An nichts als Milch, bevor man sie spänt,
Das Glockenspiel von Zitzen über sich.

Zwölf Lebende waren darunter,
Zwei Tote auch. Die Nachgeburt fraß die Sau.

Drei Monate, drei Wochen und drei Tage: Tatsächlich ist dies die unter Borstenviehhaltern bekannte Faustregel. | **Offizier**: Anna Brant zufolge hat es einen Offizier in der langen Geschichte der Familie Brant nie gegeben. Möglicherweise geht dieses Bild auf eine Begegnung zurück, die irgendwann in Jens Jensens Dorfschenke »Zur goldenen Ähre« stattfand. | **warme Fabrik**: Sieht man von dem kleinen Molkereibetrieb in unmittelbarer Nähe der Brantschen Ländereien einmal ab, so gab es in der gesamten Region keine Fabrik, keinerlei nennenswerte Industrie. | **Knubbeln als Knaul ... schuppt ... Dutte ... Nuddelt, schnuffelt, schnullt**: Dieser Passage mit ihren zahlreichen Alliterationen und Assonanzen widmet Professor Eimsbüttler einen langen und durchaus erhellenden Absatz (siehe Eimsbüttler, Prof. Dr. Hugo: »Binnenreim und Bauernraum. Die Klangstruktur in den Gedichten Anton Brants«. In: *Komparatistik heute*. Göttingen 2007). | **Pilger**: Siehe hierzu auch Bäumler, Prof. Dr. Miriam: »Marmor, kostbarer als Marmor. Kulturelle und agrikulturelle Anspielungen und Verweise bei Anton Brant«. In: *Schnitte. Zeitschrift für angewandte Kulturwissenschaft*. Berlin 2010.

Die Äpfel

Irgendwann gehen die Bäume an Krücken:
So schwer sind die Äste geworden,
Daß man sie stützen muß.
Versehrte Heimkehrer im Herbst,
Mit Schätzen beladen – wir erwarten sie
Mit Zaine und mit Reff
In der Plantage hinter der Kaluppe,
Bevor das Laub fällt, vor dem ersten Frost,
Doch nie nach einer Husche
Und nie wenn noch der Tau mit kalten
Froschfingern an die Schalen faßt.

Die klimperkleinen, mickernden,
Den Mißwachs und den harten Knorz –
Vergiß sie. Oder iß sie
Und wirf den Griebs ins Gebüsch.

Die anderen sind mit Umsicht zu pflücken,
Auch jener mit Dalle, daß der Zweig nicht bricht:
Man knappt ihn ab,
Man schraubt ihn aus seiner Fassung
Wie eine Glühbirne. Es ließe
Sich lesen im Licht der Körbe.

Am wichtigsten: die Blüte nach dem Reifen.
Sie in den Schoppen, den Keller zu schaffen,
Damit sie abliegen, lagern können;
Die rote Pracht zu arrangieren
In akkuraten Reihen, sie zu wenden,
Um faule Stellen zu vermeiden,

Damit nicht alles noch verdirbt;
Zu schieben, zu rechnen, zu drehen
An diesem duftenden Abakus aus Äpfeln –
Ist das nicht, frage ich, höhere,
Nicht höchste Mathematik?

In der Plantage: Der Obstanbau war eine vernachlässigenswerte Größe im Brantschen Betrieb und diente eher der eigenen Versorgung als dem Verkauf – auch wenn, wie es vielerorts üblich ist, Jahr für Jahr ein Stand auf der Landstraße vor der Hofeinfahrt aufgebaut wurde, an dem Durchreisende Früchte der jüngsten Ernte erwerben konnten. | **vor dem ersten Frost**: »Anton achtete immer peinlich darauf, daß die Äpfel vor dem allerersten Nachtfrost gepflückt wurden – und ich weiß noch, wie es ihm zu Herzen ging, als wir einmal von Kälte und Eis überrascht worden waren, was sonst wegen Antons Gespür und seiner Genauigkeit in Wetterfragen eigentlich nie vorkam, und in der Folge nicht nur ein Gutteil der Ernte verlorenging, sondern auch ein Baum so schwer Schaden nahm, daß wir ihn fällen mußten.« (Brant, Anna: *Ich, Muse und Melkerin. Mein Leben zwischen Versen und Färsen*. Neuer Landwirtschaftlicher Verlag, Husum 2000.) | **in den Schoppen, den Keller**: »Die Äpfel mußten wir fast immer in den Keller tragen, wo es dunkler war. Manchmal war die Ernte aber so ergiebig, daß der Schuppen hinzugenommen werden mußte.« (Brant, Ferdinand: *Mein Vater Anton Brant. Erinnerungen*. Neuer Landwirtschaftlicher Verlag, Husum 2006.) | **Mathematik**: Siehe Bäumler, Prof. Dr. Miriam: »Marmor, kostbarer als Marmor. Kulturelle und agrikulturelle Anspielungen und Verweise bei Anton Brant«. In: *Schnitte. Zeitschrift für angewandte Kulturwissenschaft*. Berlin 2010.

Das Christfest

Beginnt wie jeder andere Tag,
Weil Kühe allezeit Hunger haben,
Und Hinkel, Kracke und Wutzen auch.
Der Mond am Morgen
Wie ausgebeint von der Nacht,
Und alles will geschafft sein, wenn am Mittag
Die Glocken über die Felder rollen,
Getragen von Kälte und Klarheit.

Lange vorm Schummern der Drasch in der Küche,
Das Rummeln und Zeiseln
Zum Anmengen des Mehls, um die Peluschken
Zu kirnen, aus dem Karner das Schwarzfleisch,
Die Rotwurst zu holen. Im Kasserol
Geschmurgeltes und Gesottenes, während
Die Rangen die Stürze lüpfen, schnäken.
Das gute Geschirr steht im Schaff.

Das Acheln und Quasseln, wenn Junge, Olle,
Vom Goten bis zum Geschwisterkind
Um einen Tisch sind. Uns den Wein,
Den Kleinen die Mumme – und für alle
Krengel, Stuten, krachende Kürste,
Zum Stippen den Knast; für alle die Plinsen,
Peterle, Kressling, Stielmus und Kumst.

Wir pickern, schlampampen und parlamentieren:
Die Bricke, die Bete, die Reibekuchen,
Blaukraut und Erdbirne, Egerling, Gehlchen,
Hoppelpoppel und Hackepeter,

Schlegel von sömmrigem Kalb oder Reh;
Kesselfleisch, Flecke und Karbonade,
Karnickel mit Rahm, mit Maronen, mit Welschkraut,
Quarkkuchen, Glumse und Eierschecke,
Schlickermilch, Schleckwerk und Kober voll Obst.
Als Dreingabe ein Bontje für die Rangen,
Für uns einen Schnaps aus Krieche, aus Quetsche –
Und schlußendlich vor der Tür den tiefsten Zug
Von Schweigen, von Schneeluft, vom Barfrost draußen.

Die Stopfen knallen, die Stopfen fliegen,
Und nichts bleibt über, und niemand bleibt spack.

Christfest: »Weihnachten wurde bei uns immer sehr feierlich und mit großer Ernsthaftigkeit gefeiert – was nicht ausschloß, daß es, gerade zu etwas späterer Stunde, laut und ausgelassen zugehen konnte. Mein Vater hat in einem seiner Gedichte ein solches Weihnachtsfest beschrieben. Er selbst bekam schon Wochen vorher, Anfang Dezember, einen merkwürdigen Zug im Gesicht, einen besonderen Glanz in den Augen. Wir Kinder nannten das immer sein ›Weihnachtsgesicht‹, was ihn aber nicht zu stören schien, ganz im Gegenteil.« (Brant, Ferdinand: *Mein Vater Anton Brant. Erinnerungen*. Neuer Landwirtschaftlicher Verlag, Husum 2006.) Die Brants waren und sind Protestanten. | **Hinkel, Kracke und Wutzen**: In Anton Brants »Kladde« tauchen zwischen verschiedenen Fassungen von Gedichten immer wieder rasch notierte Berechnungen von Erntekapazitäten und Düngemittelvorräten auf – sowie Listen mit dem aktuellen Viehbestand, denen zufolge auf dem Hof der Brants bis zu zwanzig Kühe, dreißig Schweine, dreiunddreißig Schafe und fünfundzwanzig Hühner gehalten wurden. Vergleiche hierzu: Brant, Anton: *Die Kladde. Eine Faksimileausgabe seiner Notizbücher und Schmierzettel*. Herausgegeben von Peter Schmitz und Dr. Veronika Schütte. Verlagshaus Heinze & Steckmann, München 2010. | **in der Küche, / Das Rummeln**: »Alleine wäre es unmöglich gewesen, für diese weihnachtlich gestimmten und hungrigen Horden zu kochen – noch dazu mit den Kindern, die unentwegt zwischen uns Köchinnen und Küchenhelfern, die mal freiwillig mittaten, mal dazu verdonnert waren, hin und her wuselten, ihre Händchen überall hatten. Eine Tortur, Jahr um Jahr, und ein wahrhaftiges Fest.« (Brant, Anna: *Ich, Muse und Melkerin. Mein Leben zwischen Versen und Färsen.* Neuer Landwirtschaftlicher Verlag, Husum 2000.) | **Rangen**: Siehe die vorige Anmerkung: Die Brantschen und andere Kinder. | **Junge, Olle, / Vom Goten bis zum Geschwisterkind**: Zum Weihnachtsessen der Brants kam, wie sich sowohl Anna als auch Ferdinand Brant erinnern, stets die gesamte, weitverzweigte Verwandtschaft – so daß sich leicht bis zu dreißig Personen um die lange Festtafel einfanden. | **Hoppelpoppel und Hackepeter**: »Die ganze Passage ist, wenn man so will, eine hoch rhythmische, überaus musikalische Collage diverser kulinarischer Ausdrücke, ein üppiger, kalorienhaltiger Sprechgesang, ja, nichts anderes als eine Lautvöllerei.« (Schmitz, Peter: »Von Dups und Dalle, Hippe und Hude – Regionalismen und landschaftliches Vokabular in den Gedichten Anton Brants«. In: *Lingua*. Tübingen 2008.) | **Schnaps aus Krieche, aus Quetsche**: Wie auf vielen Höfen wurde auch bei den Brants selbst gebrannt, allerdings ausschließlich für den Eigenbedarf und aus heimischen Früchten – etwa aus Pflaumen und Zwetschgen, wie hier geschildert, oder auch aus Schlehen, um einen wärmenden Schnaps für die langen Winterabende lagern zu können. | **niemand bleibt spack**: Auf Fotos sind sowohl Anna als auch Anton Brant von überaus schlanker Gestalt, was sicherlich nicht zuletzt auf die tägliche harte, körperliche Arbeit zurückzuführen ist.

Das Ende des Winters

Die Murkel haben einen verlorenen
Handschuh gefunden, auf den Zaun gespießt
Wie das Haupt eines Königs.
Jetzt rennen sie juchend und gickelnd davon.

Die Sonne! Wir treten hinaus, jeder
Behutsam geführt vom eigenen Schatten
Und ohne Mantel: Man bewegt sich wieder
Mit Normalgewicht durch die Welt.

Die Atzel auf der noch spillrigen Linde,
Ihr fest an den Zweig geknotetes Tuch
Aus Schwarz und Weiß.

Ich rufe: Anna, dieser lose Knopf
Muß nicht mehr angefriemelt werden:
Der Bach erinnert sich an den Fluß,
Der Fluß erinnert sich ans Meer,
Das Meer, das schlaflos ist, wird nichts vergessen.

Und dort, auf dem Wasen,
Erhebt sich der letzte Schnee,
Watschelt Richtung See.

Ende des Winters: Ende März also. Für Landwirte allerdings ist das Winterende erst dann wirklich gekommen, wenn die Böden einerseits nicht länger gefroren und andererseits nicht zu matschig, also mit den Maschinen befahrbar sind. | **Murkel**: Die Brantschen Kinder. | **Haupt eines Königs**: Möglicherweise ist auch dieses Bild einem historischen Exkurs, vielleicht einer Abbildung zu verdanken, die Anton Brant beim Blättern in *Meyers Konversationslexikon* oder *Meyers Enzyklopädie* fand. | **Linde**: Auf dem großen Hof vor dem eigentlichen Wohnhaus steht noch heute eine majestätische Linde, in deren Schatten man, wie sich Ferdinand Brant erinnert, »im Hochsommer wunderbar sitzen und Limonade trinken« konnte (Brant, Ferdinand: *Mein Vater Anton Brant. Erinnerungen*. Neuer Landwirtschaftlicher Verlag, Husum 2006). | **Anna**: Vergleiche die Anmerkung zu dem Gedicht »Die Vergnügungen«. | **Bach ... Fluß ... Meer**: Bei dem Bach wird es sich weniger um die Treene als um ein namenloses Rinnsal irgendwo zwischen den Feldern und Weiden handeln, bei dem Fluß folglich um Treene oder Eider – und bei dem Meer natürlich um die Nordsee. | **Richtung See**: Der Woog hinter dem Hof.

Theodor Vischhaupt

Einführung in Leben und Werk Theodor Vischhaupts

Es gibt Menschen, deren alterslose Erscheinung irritiert und verstimmt, gelegentlich auch verängstigen mag, weil all die kummervollen Zeichen, die an sich selbst wahrzunehmen zu trauriger Gewohnheit geworden ist, an ihrer Gestalt und in ihrem Gesicht fehlen. Zu diesen Menschen muß auch Theodor Vischhaupt gezählt werden, der kurz nach Ende des letzten Krieges im Westfälischen geboren wird und Mitte der sechziger Jahre in den nunmehr eingemauerten Westen der geteilten Stadt Berlin zieht, nur um die sich dort anbahnenden politischen Umwälzungen, den radikalen Wandel von Denken und Lebenskultur, den Aufbruch einer ganzen, seiner eigenen Generation, geflissentlich zu ignorieren. Aus einer stürmischen Ära schaut uns ungerührt sein rundes und bleiches, fast teigiges Gesicht an und scheint zu fragen, was um alles in der Welt die Aufregung solle. Dieses Jungengesicht findet zu so etwas wie einer Struktur nur dank einer rechteckigen Brille mit klobigem Rand und auffallend dicken Gläsern, eine Scheußlichkeit, die Vischhaupts ausgeprägte Kurzsichtigkeit ihm seit seiner Kindheit aufnötigt. Dunkel glänzende, nur als ungepflegt zu bezeichnende Haare werden von einem nachlässigen Seitenscheitel gebändigt, seine Kleidung besteht aus Hemd, Jeans und einer alten Cordjacke, im Herbst und Winter ergänzt durch selbstgestrickte Pullover, Schals und Pudelmützen. Tatsächlich läßt sich von Leidenschaft nur hinsichtlich zweier Tätigkeiten Vischhaupts reden – die Dichtung und die Kunst des Strickens. Es ist, als ginge die Zeit ebenso spurlos an ihm vorüber, wie er bemüht ist, keinerlei Spuren in der Zeit zu hinterlassen, in der zu leben ihm ein rätselhaftes, aber nicht weiter bedenkenswertes Schicksal bestimmt hat.

Vischhaupt bricht ein ohne jeden Elan begonnenes Studium bereits nach wenigen Semestern ab, um fortan Gelegenheitsarbeiten als Briefträger, Totengräber, Gartengehilfe, Nachtwächter und Straßenfeger anzunehmen, allesamt Tätigkeiten mit einem Minimum an menschlichen Kontakten. Über Jahre wechselt er die Berufe, an einer Karriere und an einem etwas üppigeren Gehalt genauso wenig interessiert wie an Freundschaften, bis er Mitte der siebziger Jahre jene Anstellung findet, die er bis zu seinem allzu abrupten Lebensende behalten wird: Das Fundbüro des Bahnhofs Zoologischer Garten im Berliner Bezirk Charlottenburg nimmt sich seiner an, der doch selbst wie verloren, vergessen, liegengelassen wirkt. Etwas Stetigkeit finden wir zuletzt auch in der Wahl seiner Unterkunft: Über Jahrzehnte hinweg bewohnt Vischhaupt eine kleine Dachwohnung im Stadtteil Friedenau, allein mit kommenden und gehenden, meist namenlosen und bereits verwilderten Katzen, die er bei seinen wechselnden Tätigkeiten und beim ziellosen nächtlichen Streifen durch Westberliner Straßen aufgelesen hat. Seine Kollegen im Fundbüro hingegen meidet der Tierliebhaber, er schlägt Einladungen aus, bis sie irgendwann von selbst unterbleiben, reagiert auf gelegentliche, wenn auch überaus seltene Annäherungsversuche des weiblichen Geschlechts mit unverhohlenem Desinteresse, taucht bei keiner Weihnachtsfeier und keinem Dienstjubiläum auf. Dabei ist er weder schüchtern, noch gibt er sich feindselig; Angriffe kontert er souverän, sogar mit Witz, und wird er angesprochen, so antwortet er höflich, wenn auch nie herzlich. Am Abend sitzt er allein in einer Friedenauer Eckkneipe, der ein jovialer Wirt in besseren Tagen den Namen »Das Schnabeltier« verliehen hat, wo er an einem Tisch etwas abseits der Skatspieler, der Tresenritter und Gewohnheitstrinker kauert und schreibt, oder besser: zurechtgeschnittene und mit Buchstaben versehene Pappscheibchen auf dem duldsamen Holztisch hin- und herrückt, vornübergebeugt, versunken, angestrengt auf die Kombinationen, auf die Lettern- und Wortfolgen starrend wie ein Wahrsager in seine Glaskugel. Bald hat er nicht nur einen Stammplatz im »Schnabeltier« inne, sondern sich auch bei den anderen Dauergästen einen Spitznamen verdient: Man nennt ihn den »Auguren«. Ein Teller Suppe steht vor ihm und wird noch Stunden später kalt gelöffelt, dem Rotwein geht er weit zügiger auf den Grund. In seiner Dachwohnung bewahrt er für die Nachtstunden, die er selten schlafend, meist arbeitend verbringt, eine stabilere Auswahl an Buchstaben auf, die er nicht auf Pappe geschrieben, die er vielmehr in eigens von ihm ausgesägte Sperrholzplättchen eingebrannt hat und in einer alten französischen Pralinenschachtel mit der Aufschrift »Petit trésor« verwahrt.

Im Frühsommer des Jahres 1981 kommt es zu einem Ereignis, das man angesichts der Monotonie des Vischhauptschen Lebens, seiner mangelnden Neugier auf seine Mitmenschen nicht anders denn als Sensation bezeichnen kann. Vischhaupt öffnet sich. Aus heiterem Himmel freundet er sich mit Thaddäus Winkelmann an, einem um zehn Jahre älteren Gymnasiallehrer aus Hamburg-Harburg, dem er erstmals begegnet, als Winkelmann eine verloren geglaubte Aktentasche mit Klassenarbeiten im Fundbüro des Bahnhofs Zoo abholt. Aus uns für immer verborgenen Gründen faßt Vischhaupt Vertrauen zu Winkelmann. Geschieht es, weil er einen Leser für seine Anagrammgedichte sucht, die er seit vielen Jahren in der Klause, zu der seine gesamte Existenz geworden ist, notiert, gehüllt in Einsamkeit, Gleichgültigkeit und eine Cordjacke, die um viele Nuancen dunkler geworden ist und nur noch von der Gewohnheit zusammengehalten wird? Braucht er einen Adressaten, ein Gegenüber, den Blick eines Anderen? Vielleicht verhält es sich so, und Thaddäus Winkelmann ist zufällig am richtigen Tag und zur richtigen Sekunde am schicksalhaften Ort, nämlich im Fundbüro des Bahnhofs Zoologischer Garten, just in dem Augenblick, als Vischhaupt sich in einer plötzlichen Aufwallung entscheidet, daß Kontakt zu einem Menschen aufgenommen werden müsse, egal zu welchem, solange er an Literatur interessiert und etwas sensibel für sprachliche Fragen ist. Dieser Mensch also ist Thaddäus Winkelmann, und er bleibt von nun an bis zu Vischhaupts frühem Tod dessen einziger Vertrauter. Sie sehen sich nur noch einmal wieder, und es scheint, daß keinem von beiden an einem dritten persönlichen Aufeinandertreffen lag. Ihr Briefwechsel aber füllt Bände.

Als die Friedenauer Nachbarn auf die klagenden, durchdringenden Laute der halbverhungerten Katzen in der Wohnung über ihnen reagieren, ist Vischhaupt bereits seit mehreren Tagen tot – erhängt an einem über Monate selbstgestrickten, äußerst strapazierfähigen Strang aus dunkelgrüner Merinowolle. Es ist der Tag vor seinem fünfzigsten Geburtstag. Mehrere leere Rotweinflaschen stehen auf seinem Schreibtisch, die gesammelten Anagrammgedichte finden sich sorgfältig sortiert und gestapelt daneben. Thaddäus Winkelmann, den Vischhaupt testamentarisch zum alleinigen Erben und zum Nachlaßverwalter bestimmt hat, wird sich von den beiden ihm offerierten Varianten – die Gedichte entweder zu verbrennen oder sie nun erstmals und mit seinem, Vischhaupts, Einverständnis zu veröffentlichen – für die zweite entscheiden. Und so seltsam es scheint angesichts eines Daseins, das nicht oder kaum dem Leben, sondern immer und einzig den Buchstaben und ihren poetischen Möglichkeiten gewidmet ist, angesichts eines Mannes, der es sich als einzige Vergnügung gestattet, Unmengen von Büchern zu lesen, ja sie zu verschlingen, von lyrischen Sammlungen über Biographien und Sachbücher bis hin zu Krimis, Groschenromanen und Ratgeberliteratur – so wahr bleibt doch, daß keine über Jahrzehnte aufgebaute und facettenreiche Bibliothek in den Besitz Thaddäus Winkelmanns übergeht. Wenn dieser beste Kenner des Vischhauptschen Werkes heute berichtet, der Dichter habe jedes gelesene Werk sofort nach Beendigung der Lektüre achtlos in U-Bahnen oder auf Parkbänken liegenlassen; wenn Winkelmann schwört, die teils seitenlangen Zitate aus Welt- und Gossenliteratur in den an ihn adressierten Briefen beruhten einzig und allein auf der Tatsache, daß Vischhaupt ihn ansprechende Passagen, ganze Seiten, ja ganze Kapitel auf Anhieb und ohne sie ein weiteres Mal auch nur zu überfliegen auswendig lernte, sie ohne jede Mühe hinter seinem teigigen Kindergesicht, hinter der balkenartigen Jedermannsbrille abspeicherte, so müssen wir diesem Gewährsmann wohl oder übel glauben: denn in Theodor Vischhaupts Wohnung findet sich, als die Berliner Feuerwehr endlich die Wohnungstür aufbricht, kein einziges Buch.

Literatur

Vischhaupt, Theodor: »Die Amsel«. In: *Letternwirtschaft*. Hannover 1986.
Vischhaupt, Theodor: »Vier Anagrammgedichte«. *Die Literatur. Zeitschrift für neue Sprachlichkeit*. Hamburg 1996.
Vischhaupt, Theodor: »Zehn Anagrammgedichte«. Mit Faksimiles der handschriftlichen Erstfassungen, kommentiert von Prof. Sigrid Hamann. In: *Theorie und Praxis. Zeitschrift für deutschsprachige Literatur*. Dresden 1997.
Vischhaupt, Theodor: *Die Eulenhasser in der Hallenhäusern. Ausgewählte Anagrammgedichte*. Rahlstedter Verlag, Hamburg 1998.
Vischhaupt, Theodor: *Die kompletten Anagramme*. Kommentiert von Dr. Bernd Wunderlich. Rahlstedter Verlag, Hamburg 2002.
Vischhaupt, Theodor: *Mein Herz ist ein Doge. Tagebücher und Aufzeichnungen*. Rahlstedter Verlag, Hamburg 2003.
Vischhaupt, Theodor / Winkelmann, Thaddäus: *Das Spiel, dieses Leben. Der Briefwechsel zwischen Theodor Vischhaupt und Thaddäus Winkelmann*. Drei Bände. Rahlstedter Verlag, Hamburg 2004.
Vischhaupt, Theodor: *Ausgewählte Schriften – Anagramme, Briefe, Tagebücher*. Herausgegeben von Thaddäus Winkelmann und Dr. Bernd Wunderlich. Rahlstedter Verlag, Hamburg 2005.
Langenscheidt, Petra: »Sühnehüllen. Religiöses Sentiment und Zerknirschung in den Anagrammen Theodor Vischhaupts«. In: *Blätter zur Zeit*. München 2002.
Scheureb, Maria: »Von DADA, Sprachspiel, Anagrammen. Theodor Vischhaupt im Kontext der europäischen Avantgarde«. In: *Frakturen. Magazin für Sinn und Unsinn*. Zürich 2008.
Voigt, Prof. Dr. Lutker: »So nah kommt es heran. Theodor Vischhaupt, Anna Achmatowa und die Einflüsse der russischen Poesie«. In: *Der neue Akmeist. Zeitschrift für Slawistik und Komparatistik*. Bonn 2003.
Wunderlich, Dr. Bernd: *Vischhaupts kurzes Leben in Texten und Bildern. Eine Monographie*. Lichtblick Verlag, Münster 2007.

Das Anagrammgedicht

Das Wort Anagramm stammt aus dem Griechischen und bedeutet soviel wie Buchstabenversetzung. Es bezeichnet, genauer gesagt, das Umstellen der Buchstaben eines einzelnen Wortes (so werden aus der »Liebe« die »Beile«, wächst aus der »Drei« das »Ried«, öffnet sich in der Farbe »Rot« das »Tor«), aber auch einer ganzen Gruppe von Worten oder eines ganzen Satzes, einer Zeile, zu einer neuen Lautfolge, die einen anderen Sinn ergibt, aber genau dieselben, ein für allemal durch das Ausgangsmaterial vorgegebenen Buchstaben benutzen muß, dabei weder einen weglassen noch einen hinzufügen darf – wenngleich aus der Kombination der Vokale A, O und U mit dem Vokal E sämtliche Umlaute, aus dem doppelten S das im Deutschen verwendete Eszett entstehen können. In seiner höchsten Vollendung wird das Anagramm zum Anagrammgedicht, wobei, getreu dem beschriebenen Verfahren, in jeder Zeile des Gedichts ausschließlich dieselben Buchstaben und keine anderen vorkommen sollen.

Es mag sein, daß tatsächlich Lykophron von Chalkis das Anagramm im dritten Jahrhundert vor Christus erfand; auch weiß man, daß es sowohl Griechen als auch Römern bekannt war, im Orient für religiöse Geheimschriften verwendet wurde und sich bei den Kabbalisten großer Wertschätzung erfreute. Zu seiner Blüte gelangte das Anagramm jedoch erst im Mittelalter, als man im »Ave« die »Eva« entdeckte und auch andere lateinische, zumeist religiöse Wendungen umgestellt wurden: So erwuchs der Frage des Pilatus »Quid est veritas?«, was die Wahrheit sei, aus nichts als sich selbst die Antwort »Est vir qui adest«: »Es ist der Mann vor dir.« Und aus dem Gruß des Erzengels Gabriel, »Ave Maria, gratia plena, Dominus tecum« (»Gegrüßet seist du, Maria, voll der Gnade, der Herr ist mit dir«), wurde der Satz »Virgo serena, pia, munda et immaculata« (»Heitere Jungfrau, heilig, rein und unbefleckt«). Den Gipfel der Popularität erreichte das Anagramm, als Ludwig XIII. von Frankreich den Buchstabenkünstler Thomas Billon zum Hofanagrammatiker ernannte, dessen Aufgabe bei königlichen Festen es war, die versammelte Gesellschaft mit Anagrammen aus den Namen der geladenen Gäste zu amüsieren, und als die Dichter der Pléiade die Buchstabenvertauschung für sich entdeckten und Pierre de Ronsard höchstpersönlich sich zur »Rose de Pindare« umwandelte.

Im deutschsprachigen Raum hielt das Anagramm in der Ära des Barock Einzug, als Martin Opitz, um eine Dame namens Helena Roggin zu bedichten, mit der Zeile »Oh ringe lange« begann, um auf »Engel ohne Arg« zu enden, beides Anagramme ihres Namens. Im Jahr 1667 erschien als erste Anagrammsammlung in deutscher Sprache das Werk *Teutscher Letterwechsel*, verfaßt von einem gewissen Friedrich David Stender. Der Autor geriet in Vergessenheit, doch ging Georg Gottfried Gervinus in seiner *Geschichte der poetischen National-Literatur der Deutschen*, die zwischen 1835 und 1842 entstand, wenig wohlwollend auf Stender ein, um sich anschließend noch deutlich abfälliger zum Anagramm im allgemeinen zu äußern: »Diese Spielerei«, so Gervinus, »hat übrigens auch ihre Gegner. Vincenz Fabritius nennt diese Anagrammatisten Kümmelspalter, die aus Mückenflügeln Fächer verfertigen, um den Schwitzenden ein Windchen zu machen; und er findet es schmählich, sich daran zu freuen, Namen zu zerlegen und sie in klägliche Sentenzen zu zwingen, und noch etwa eine Masse läppischer Titel hinzuzufügen, um desto mehr Stoff zur Spielerei zu haben. Wirklich ist es unglaublich, wie barbarisch und wie thöricht diese Sinnenmarter sich oft ausnimmt.«

Einen Liebhaber von Anagrammen muß eine solche Passage verdrießen. Zitieren wir also abschließend einen weiteren, einen englischen Autor, der diesen Kabinettstücken weit freundlicher begegnet, übersetzen wir einige Sätze aus H.B. Wheatleys Werk *Of anagrams. A monograph treating of their history from the earliest ages to the present time*, das 1862 in Hertford gedruckt wurde: »Anagramme«, so Wheatley, »werden schon so lange geringgeschätzt, daß man ihnen nur noch höchst selten begegnet, und wenn, dann nicht ihrem ursprünglichen Sinn und Zweck entsprechend, sondern den Rätseln beigeordnet, solcherart, daß man sie in Zeitschriften und in Taschenbüchern zu finden pflegt, gleich neben den Rebussen, den magischen Quadraten und den Scharaden, mitunter auch unter dem Titel *Transpositionen*. Wenn wir uns also vor Augen führen, wie geringe Beachtung sie heutzutage finden, so wird uns kaum überraschen, wie wenige Menschen sich darüber im Klaren sind, daß diese literarischen Vergnüglichkeiten einst bessere Tage sahen; daß es Zeiten gab, in denen große Poeten das Erstellen von Anagrammen und Akrosticha als so angenehme wie elegante Art der Entspannung ansahen; Zeiten, zu denen einige Persönlichkeiten so geschickt in ihrer Verfertigung waren, daß man ihnen die ehrenwerte Bezeichnung ›Anagrammatisten‹ zuerkannte.«

Das Interesse am Anagramm, auch am Anagrammgedicht, hat nicht abgenommen, seit Wheatley es so eloquent verteidigte. So setzte sich etwa der Linguist Ferdinand de Saussure am Ende seines Lebens mit dem Anagramm auseinander. In der deutschsprachigen Lyrik des zwanzigsten Jahrhunderts schließlich verhalfen Dichterinnen und Dichter wie Unica Zürn und Oskar Pastior dem Anagrammgedicht zu ungeahntem Glanz und Aufmerksamkeit.

Die Eulenhasser in den Hallenhäusern

Ihre Seelenruhe – dahin. Anlaß: den Eulen
Ihr andauerndes Heulen, Sehnen. Sie alle
Sinnen lausleise, handeln häherrüde:
In den Hallenhäusern die Eulenhasser
Lassen heisere Hunderudel anleihen, an
Halsleinen Halderüden hereinsausen.
Sieh sie lauern, lauern, Halsende dehnen:
Herausheulen, dann die Sense her. Allein,
Helas!: Diese elenden, hirnlauen Husaren-
Hasenhunde dienern alle, säuseln ihre
Süßeleien: 'ne Hündin, Hera. Allerhand.
Hin, heran ans Liedende: reale Heulsusen,
Heldensuada. Ihr Ansinnen: leere Hülse.
Da harren sie, dienen als Sühnehüllen,
An der Haussäulenreihe lehnend, senil,
Harnnässe leidend. Urahnleise heulen
Die Eulenhasser in den Hallenhäusern.

Dieses Gedicht wurde zwischen Januar und Oktober 1991 verfaßt: Handschriftliche Versionen finden sich in Vischhaupts Notizbüchern aus jenen Monaten (auszugsweise abgedruckt in: Vischhaupt, Theodor: »Zehn Anagrammgedichte«. Mit Faksimiles der handschriftlichen Erstfassungen, kommentiert von Prof. Sigrid Hamann. In: *Theorie und Praxis. Zeitschrift für deutschsprachige Literatur*. Dresden 1997). | **Hallenhäusern**: Im Frühjahr 1991 unternahm Vischhaupt, dieser ansonsten so reiseunwillige Mensch, eine mehrtägige Erkundung der Oberlausitz und besuchte erst Zittau, dann Görlitz. Höchstwahrscheinlich sind es die dortigen, über die Region hinaus berühmten Hallenhäuser, etwa der sogenannte Schönhof in der Nähe des Untermarkts, die Ausgangspunkt für dieses

Anagramm waren. Ein Foto, von dem sich nicht sagen läßt, wer es mit wessen Kamera aufgenommen hat, zeigt den fünfundvierzigjährigen Theodor Vischhaupt vor dem Schönhof, rauchend, ungekämmt und mit einem langen selbstgestrickten Wollschal um den Hals (siehe dazu: Wunderlich, Dr. Bernd: *Vischhaupts kurzes Leben in Texten und Bildern. Eine Monographie*. Lichtblick Verlag, Münster 2007). | **Hunderudel**: Daß Vischhaupt alles andere als ein Freund der treuen Vierbeiner war, ja eine regelrechte Hundephobie entwickelte, belegen die Briefe und Tagebücher ein ums andere Mal. | **Helas!**: (franz.) Ach! | **Hera**: Auch Here, die Gemahlin des Zeus. | **Heldensuada**: Wie fremd Vischhaupt jede Heldenverehrung war, wie lächerlich ihm das traditionelle Männerbild und erst recht jegliches Machogehabe waren, wird in zahlreichen Eintragungen in den Tagebüchern deutlich – aber auch in einer Reihe von Gedichten, so in diesem und in dem später geschriebenen Gedicht »Verzeih«. | **Harnnässe leidend**: »Mein lieber Freund, als mir diese Wendung urplötzlich aufs Papier fiel, nach mehreren gut gefüllten Gläsern Rotwein und während mir die Buchstaben schon vor den Augen zu flimmern und zu tanzen begannen – welche Freude! Ich konnte die ganze Nacht nicht schlafen, und wenn ich doch einmal kurz einnickte, riß mich ein erneuter Lachanfall doch wenig später aus meinen gehetzten, wirren Träumen. Ich verbrachte einige heitere und beglückte Tage mit meinem Fund.« (Brief an Thaddäus Winkelmann vom 12. Februar 1992, in: Vischhaupt, Theodor / Winkelmann, Thaddäus: *Das Spiel, dieses Leben. Der Briefwechsel zwischen Theodor Vischhaupt und Thaddäus Winkelmann*. Rahlstedter Verlag, Hamburg 2004.)

Die Amsel

Die schwarze Amsel frißt die roten Beeren,
Ernste, förmlichere Diebin des Astes, zwar
Zeternd, aber in Cis, wehe Astlore, Federmiss.
Rösserwinde im Schilf, tandzarte Seerebe,
Bastrascheln, Weidenzierde, Frostmiere: Es
Zwitschert freier ab. Der Salmsee, die Sonne –
Mildes Zirren-, Caesarenwetter. Bei des Hofs
Feime wachsen rostzart Ried, Reseden, Bilse,
Die der falbe, wirre Tressenochse zeist – man
Wetzt da fernab schon dreierlei Eismesser
Dem zarten Rosa, Widerristes Fleischebene.
Die schwarze Amsel frißt die roten Beeren.

Die schwarze Amsel frißt die roten Beeren,
feister Brosam der Äste, zwischen Liedern,
Zoten, Freistilschwärmerei. Barde, dessen
Harmlose Finesse becirzt. Weidestarrende
Bachstraßen, Torferde, Wiesen, milde Reize;
Leiser Satz, berstende Friedweisen, chroma-
Tische Erbmelodie, zentnerfrei. Das Wasser
Mäandert, weiße Blitze sirrend, Frösche
Tröten Schieferes am Bildrand, zwei Esser,
Seidenschwärmer liebend. Satter Zefir, so
Warm das Federlicht, Seeros-See, Birnenzeit.
Die schwarze Amsel frißt die roten Beeren.

Die schwarze Amsel frißt die roten Beeren.
Wälder, beizeiten Steinmarders forsches,
Mordebereites Streifen dazwischen, als er
Bald wieder fort ist, einsamer Zecher. Sense

Im Weizenfeld, Nordbrache, Säertristesse;
Bessere Zischwinde malträtieren Dorfes
Reetdachzwirn, tiefbleiernes Meer, so daß
Es zwirlt, schier tobende See. Dieser Farn am
Morastnaß, frierende Biese, Wichtelzeder.
Fortan Dezemberschleier, Eiswassertiden,
Daß sich zimtne Forste wieder leeren. Aber
Die schwarze Amsel frißt die roten Beeren.

Das Gedicht »Die Amsel« ist das einzige Werk Theodor Vischhaupts, das zu Lebzeiten erschien. Allerdings wurde die Veröffentlichung (in der kleinen, schon vor vielen Jahren eingestellten Hannoveraner Literaturzeitschrift *Letternwirtschaft*) nicht von ihm selbst angestrebt, geschweige denn von ihm in die Wege geleitet; sie verdankte sich vielmehr der Unbedachtheit und dem Überschwang Thaddäus Winkelmanns, der – ohne den Autor zuvor um Erlaubnis gefragt, ohne sich rückversichert zu haben – das Gedicht an die Redaktion der strikt avantgardistischen *Letternwirtschaft* geschickt hatte. So glücklich sich Vischhaupt in seinen Tagebucheinträgen und auch in Briefen an Winkelmann über das im Gedicht Erreichte zeigte, so zufrieden er mit der »Amsel« auch war – die Eigenmächtigkeit Winkelmanns irritierte ihn, er zeigte sich einige Wochen lang geradezu verstört, ja wütend. Im November 1986 schickte er Winkelmann schließlich eine Postkarte mit keinerlei persönlicher Mitteilung, mit nichts als einem einzigen Satz von H. C. Artmann darauf: »ein poetischer act wird vielleicht nur durch zufall der öffentlichkeit überliefert werden. das jedoch ist in hundert fällen ein einziges mal. er darf aus rücksicht auf seine schönheit und lauterkeit erst gar nicht in der absicht geschehen, publik zu werden, denn er ist ein act des herzens und der heidnischen bescheidenheit.« Winkelmann, der seine leichtfertige Betriebsamkeit bereits bereute, antwortete zerknirscht, beharrte aber darauf, daß die interessierte Öffentlichkeit ein Recht habe, Vischhaupts Anagrammgedichte kennenzulernen. Einige Briefe gingen in der Folgezeit zwischen Hamburg und Berlin hin und her, das erste auf Thaddäus Winkelmanns

Erwiderung folgende Schreiben Theodor Vischhaupts wird wiederum durch ein Artmann-Zitat eingeleitet; wie das auf der Postkarte notierte ist es Artmanns *acht-punkte-proklamation des poetischen actes* entnommen: »der poetische act ist dichtung um der reinen dichtung willen. er ist reine dichtung und frei von aller ambition nach anerkennung, lob oder kritik.« Allerdings geht Vischhaupt hier bereits ausführlicher und grundsätzlicher auf seine ablehnende Haltung gegenüber der Publikation von Gedichten ein – und zeigt sich dem Freund gegenüber versöhnlich, ja sogar in gewisser Weise dankbar (siehe dazu: Vischhaupt, Theodor / Winkelmann, Thaddäus: *Das Spiel, dieses Leben. Der Briefwechsel zwischen Theodor Vischhaupt und Thaddäus Winkelmann*. Rahlstedter Verlag, Hamburg 2004). Die wenigen Reaktionen auf die Veröffentlichung der »Amsel« in der *Letternwirtschaft* waren durchweg positiv. Der Kritiker Werner März versuchte in seiner vom Hessischen Rundfunk ausgestrahlten *Zeitschriftenschau* gar nicht erst, seine Begeisterung zu zügeln, und sprach von einer »neuen Morgenröte des avantgardistischen Gedichts, einer die Sprache in ihrer Materialität feiernden Dichtkunst«, um mit den Sätzen zu schließen: »Wenn dies, meine Damen und Herren, die Zukunft des Experiments ist, dann müssen sich alle Gegner einer solchen Sprachkunst warm anziehen, denn argumentieren kann man gegen ein solch rauschendes Fest der Zeichen und Laute nicht, man kann sich nur überwältigen lassen und demütig schweigen.« | **Die schwarze Amsel frißt die roten Beeren**: Die in der Tat auffällige Wiederholung dieser Schlüsselzeile am Anfang und Ende einer jeden Strophe, die ihr zugewiesene Klammerfunktion, führt Petra Langenscheidt auf eine mögliche Jugendlektüre des walisischen Dichters Dylan Thomas zurück, auf dessen berühmtes Gedicht »And Death Shall Have no Dominion« – freilich ohne einen Beweis für diese Behauptung zu liefern (Langenscheidt, Petra: »Sühnehüllen. Religiöses Sentiment und Zerknirschung in den Anagrammen Theodor Vischhaupts«. In: *Blätter zur Zeit*. München 2002). | **Cis**: In cis-Moll etwa ist auch die von Vischhaupt besonders geliebte Sinfonie Nr. 5 von Gustav Mahler komponiert. | **becirzt**: Die richtige Schreibweise wäre natürlich entweder »becirct« oder »bezirzt«. Vischhaupt opfert die Rechtschreibung gelegentlich, wenn auch selten, den Notwendigkeiten und Zwängen des Anagrammgedichts. | **Zefir**: Ein milder Wind. Siehe die vorige Anmerkung: Es müßte selbstverständlich »Zephir« oder »Zephyr« heißen.

Wo der Pfeffer wächst

Wo der Pfeffer wächst,
Rafft es Pferde wech. Wo
Der Pfeffer wächst, wo
Pfaffe weder schwört,
Freches pafft, wo weder
Topfwerfer fesche Wad'
Wäscht; wo der Pfeffer,
Der Pfeffer wächst, wo
Weder Pfote, Wachsreff,
Waffe oder Westpferch,
Pfeffert wer Dachse. Wo,
Wo wächst der Pfeffer?

»Gelegentlich versuche ich, mir selber Steine in den Weg zu rollen, oder lege, um eine andere Redewendung zu gebrauchen, die Latte aus freien Stücken besonders hoch. Das steigert den Kitzel beträchtlich und läßt das Herz um so schneller schlagen, wenn es wider Erwarten gelingt, aus der gewollt mißlichen Ausgangslage etwas Anständiges (oder etwas Unanständiges, warum denn nicht) zu machen. Nimm beispielsweise das beiliegende Gedicht, an dem ich die letzten Wochen mit großem Vergnügen gearbeitet habe, ohne auf die Zeit zu achten und deshalb oft mit immensem Schlafdefizit während der Tages- und Arbeitsstunden bezahlend (im Fundbüro sahen mich einige Kollegen mit, gar kein Zweifel, wachsender Mißbilligung an, einige etwas freundlichere und mitfühlendere Zeitgenossen fragten mich besorgt nach meinem Befinden): Die Grundkonstellation ist mit zwei W und drei F denkbar ungünstig, das wirst Du zugeben müssen. Aber, mein Lieber: Sich aus diesen Fesseln herauszutanzen, diese Buchstabenketten abzustreifen! Ich verlange gar nicht viel mehr als solche knappen sprachlichen Freuden.« (Brief an Thaddäus Winkelmann vom 20. Juni

1988, in: Vischhaupt, Theodor / Winkelmann, Thaddäus: *Das Spiel, dieses Leben. Der Briefwechsel zwischen Theodor Vischhaupt und Thaddäus Winkelmann.* Rahlstedter Verlag, Hamburg 2004.) Das Gedicht entstand Ende der achtziger Jahre. | **wech**: Zu Vischhaupts gelegentlicher Laxheit in Fragen der Rechtschreibung siehe die Anmerkungen zu »Die Amsel«.

Mein Herz

für Thaddäus

Mein Herz ist ein Doge, gefangen in seiner Pracht,
Ein Herr mit eigenen Zofen, dreißig Nachtpagen,
Schmierzöpfigen, Anistee hineintragend, gern
Mit zig Gängen hochfeiner Patisserien, denn er

Frißt, pardon, nie gering: echte Maiziege, Hennen
In Reisrand, Chinatöpfe, Ginseng-Ghee, Zimt-Rene;
Seefischpaté, Minthering, einigen Zanderrogen,
Szegediner Gehirnepfanne im Acht-Rosinen-Teig;

Ein Zeisig in Gingercreme, sanfte Pantherhoden,
Pinienrehe, geröstet, anfangs minzig riechend,
Im Herd gegarte Enzianinnereien, Pfingstochse,
Senf. Hernach meist einen zeitigen Gin oder Grap-

Pa. Mein Herz, nein: Doge singt, sieht Farcen, Reigen,
Sinnige Opern, schmerzhafte Geniedinge, Atrien
Mit eigenen, sirrenden Trapezen, Haifischegong;
Froschprinzen, eineiig, nettes Mandaringehege,

Pirogen, Archen, Zinnfregatten, die Geheimnisse
Des finanzprächtigen Orients. Miere hingegen
Nie. Doch hagre Renngespanne, Freigeist im Zenit,
Gemeine Hofnarren, innig scherzend, Tipigäste,

Einige gerne ringende Zampanos, ihr Teint fesch,
Zartere Geishas, Nietendoggen in Minipferchen;
Ein Schneetiger, zahm, einige Frostgepardinnen,
Rennmiezen, rostige Haiti-Seepferdchen, in Gang

Gesetzte Fingerhandmaschinen, Pionierriegen
Am Springen, Tanzen. Fehe, Geier. Ein Dingo schreit.
Er hört's. Ein Tip, Zeichen in den Gefängnisrang.
Ein Doge ist mein Herz, in seiner Pracht gefangen.

Morgen zerrinnet es. Das Piefige, Nichtige ahnen
Seine eignen Schmierzopfdiener, ahnt er, Gigant.
Morgen fegt Regen ihn an, Eisenpein. Da ziert sich
Mein Doge nicht rangfein, zieht gern ins Separee.

für Thaddäus: Die Tatsache, daß dieses Anfang der neunziger Jahre verfaßte Gedicht dem Freund Thaddäus Winkelmann gewidmet wurde, ist in jedem Fall von höchster Bedeutung. Uneinigkeit besteht allerdings hinsichtlich der Frage, warum Vischhaupt dem alten Hamburger Vertrauten ausgerechnet dieses Werk übereignete. Wunderlich deutet es schlicht als Freundschaftsbekundung, als Geste des notorisch schüchternen Vischhaupt, der gewillt ist, dem Gegenüber sein Innerstes zu öffnen, ihm einen Blick in sein Herz zu gewähren – so spielerisch und ins Absurde übersteigert es sich hier auch zeigen mag (Wunderlich, Dr. Bernd: *Vischhaupts kurzes Leben in Texten und Bildern. Eine Monographie*. Lichtblick Verlag, Münster 2007). Langenscheidt hingegen erkennt hinter den langen Aufzählungen einen Hilferuf und deutet die letzte Zeile des Gedichts im Hinblick auf Vischhaupts nur wenige Jahre später tatsächlich folgenden Selbstmord als Warnung, als die durch Komik verschleierte Aufforderung an den Freund, ihm beizustehen in seiner Herzens- und Seelennot (Langenscheidt, Petra: »Sühnehüllen. Religiöses Sentiment und Zerknirschung in den Anagrammen Theodor Vischhaupts«. In: *Blätter zur Zeit*. München 2002). | **ein Doge, gefangen in seiner Pracht:** Tatsächlich waren die venezianischen Dogen weit weniger frei in ihren Entscheidungen, als man gemeinhin annimmt, und unterstanden in fast allen Belangen dem Großen Rat. Dem Dogen und seiner Gemahlin war untersagt, irgendwo anders als im Dogenpalast zu wohnen, der Herrscher selbst durfte ohne Genehmigung weder Briefe schreiben noch Geschenke entgegennehmen, ja nicht einmal seinen Palast zum Spazierengehen verlassen. | **Mit zig Gängen**: Vischhaupt selbst war äußerst zurückhaltend, was leibliche Genüsse anging. Er aß wenig und unregelmäßig und begnügte sich am Abend in der Regel mit einem Teller Suppe oder Eintopf. | **Ghee**: Ein in der indischen und pakistanischen Küche gern verwendetes Butterschmalz. | **Szegediner Gehirnepfanne**: Die an der Theiß gelegene ungarische Stadt Szegedin ist natürlich mehr für ihr Gulasch und für ihren scharfen oder edelsüßen Paprika berühmt als für wie auch immer zubereitetes Hirn.

Bitte erfinden Sie das Zimmer

Aber immer: sitzend die finste-
Re Stiftsdame im Nerz. In beide
Fenster birst Mai. Die Minze, de-
Zent am Sims, biertriefend die
Minibar, die fremdes Eis netzt.
Zement, tiefe Risse drin, im Bad
Mindere Zimtseife, Treibsand.
Farbzierde, seidenes Mint mit
Teefirnis bedient das Zimmer.
In dem Zeitmaß reift reibend
Zeit, immer feste, bis drei. Dann
Sieben. Einsam, fremd ritzt die
Reifere Dame in den Sitz, bimst
Dran. Miezenmief, dritte Bisse
In fetteren Zanderimbiss: Die
Dame diniert. Mief, Stenzbrise,
Niemands-Zefir. Im Bett dieser
Brief da, Tinte, Medizin, Messer.

Das Gedicht entstand bereits Anfang der achtziger Jahre, vermutlich im Frühjahr 1982. | **Bitte erfinden Sie das Zimmer**: »Die Dinge, die einem im Fundbüro über den Tresen geschoben werden, sind immer wieder überraschend. Natürlich, Regenschirme bekommt man jeden Tag, unser Sortiment wächst und wächst, turmhoch, so viel Regen kann es eigentlich gar nicht geben, auch an Brieftaschen und Handschuhen herrscht kaum je Mangel; daneben aber liegen dann sonderbare Dinge, die einen grübeln lassen, wie um Himmels willen der Besitzer sie bloß aus den Augen verlieren konnte: ein mannshoher Kaktus, ein Terrarium samt Boa constrictor oder schlicht ein Stapel Fotoalben. Heute war es ein einfacher Pappstreifen, der meine Aufmerksamkeit erregte, vorne grün, hinten rot; einer dieser Aufhänger, wie man sie aus Hotels kennt, ein Knaufschildchen, allerdings in englischer Sprache gehalten. ›Please make up the room‹, stand darauf. Meine Kenntnisse des Englischen sind nicht berühmt, aber ich begann mich zu fragen, ob dieser Satz nicht auch etwas ganz anderes heißen konnte als ›Bitte räumen Sie das Zimmer auf‹; ich begann mich zu fragen, ob man das Ganze nicht mit ›Bitte erfinden Sie das Zimmer‹ übersetzen könne, denn, nicht wahr, das Verb ›to make up‹ bedeutet beides, aufräumen und erfinden. Ein hübscher Fund, ausgerechnet in meinem Fundbüro – und von dort bis zum Plan, ein Gedicht daraus zu machen, war es natürlich nicht weit.« (Brief an Thaddäus Winkelmann vom 25. April 1982, in: Vischhaupt, Theodor / Winkelmann, Thaddäus: *Das Spiel, dieses Leben. Der Briefwechsel zwischen Theodor Vischhaupt und Thaddäus Winkelmann*. Rahlstedter Verlag, Hamburg 2004.) | **biertriefend die / Minibar**: Traut man den Tagebucheinträgen Theodor Vischhaupts und den Aussagen Thaddäus Winkelmanns, so war Vischhaupt beim Alkohol weit weniger zurückhaltend als beim Essen. Tatsächlich scheint sich sein täglicher Rotweinkonsum bis zu seinem letzten Lebensjahr in fast besorgniserregender Weise gesteigert zu haben. | **Stenzbrise, / Niemands-Zefir**: Eine rätselhafte Passage – eine eitel zu nennende Brise, ein laues Lüftchen, das wie ein selbstgefälliger junger Mann auftritt, also blasiert und nur auf sich selbst bedacht ins Zimmer tritt, mit den Vorhängen spielt? Dazu ein milder Wind, der so wenig wahrnehmbar ist, daß er zum Niemand wird – oder ein Zephir, der niemandem gehört? | **Zefir**: Siehe zur Schreibweise dieses Wortes die Anmerkung zum Gedicht »Die Amsel«. | **Brief da, Tinte, Medizin, Messer**: Dank der uns erhaltenen Tagebuchaufzeichnungen Vischhaupts, dank der Briefe an Winkelmann und der den Briefen stets sofort beigelegten neuen Gedichte wissen wir, daß Vischhaupt diese letzte Zeile mehrfach geändert hat und unsicher war, wie das Gedicht enden solle. Mehrere Gedichtvarianten mit jeweils anderem Schluß sind erhalten (siehe dazu: Vischhaupt, Theodor: »Zehn Anagrammgedichte«. Mit Faksimiles der handschriftlichen Erstfassungen, kommentiert von Prof. Sigrid Hamann. In: *Theorie und Praxis. Zeitschrift für deutschsprachige Literatur*. Dresden 1997): Die früheste Version des Anagramms endete mit der Zeile »Ein Brief an D. Dietz, mit Messer«, bei der es mehrere Tage lang blieb, ohne daß bekannt wäre, um welche Frau oder welchen Mann es sich bei »D. Dietz« gehandelt haben könnte oder hätte handeln sollen, wenn überhaupt eine reale Person hinter dem Namen steckt, was, wie wir aufgrund anderer Gedichte wissen, durchaus möglich ist (siehe dazu die Anmerkungen zu »Das Kind«). Eine zweite Fassung kennen wir nur aus den Tagebüchern Vischhaupts, er schickte sie nie an Winkelmann in Hamburg; hier lautete die Schlußzeile »Brief, Medizin, Dein Tatmesser«. Der Tagebucheintrag vom 17. April 1982 zeigt, daß dieses Anagramm Vischhaupt regelrecht erschreckte: »Man glaubt«, heißt es da, »man würfele so unschuldig vor sich hin, schiebe Buchstaben hin und her, überlasse alles der Sprache und dem Zufall, dem Material, aber das stimmt nicht. Man mag es zwar Zufall nennen, mangels eines besseren Worts, aber irgend etwas hat seine Hand im Spiel selbst beim scheinbar willenlosen Kleben und Aneinanderreihen, bei dieser strengsten aller Formen, wo doch alles von den Buchstaben abhängt und der früher allmächtige Autor auf Wanzengröße reduziert ist oder scheint. Plötzlich kommt es mir so vor, als wäre ich eingedrungen in dieses Zimmer, das sich unter meinen Händen zu zeigen begann, als hätte ich eine Grenze übertreten, auf jene harmlose Dame zu. Wem halte ich da mit oder ohne mein Zutun, gegen meinen Willen oder willentlich ein Messer hin, mir, dem Leser? Und gegen wen, um Gottes willen, soll es erhoben werden, dachte ich, als es schon vier Uhr morgens durch war, schlagartig nüchtern. Da hatte sich mit einem Mal etwas Dunkles, etwas Dämonisches in mein absichtsloses Spiel geschoben, das mir angst machte, sogar dann angst gemacht hätte, wenn meine Nerven nicht vom Wein geschwächt gewesen wären. Wie die Schrift an der Wand kam es mir vor.« (Vischhaupt, Theodor: *Mein Herz ist ein Doge. Tagebücher und Aufzeichnungen*. Rahlstedter Verlag, Hamburg 2003.) Vischhaupt schrieb nach diesem Vorfall, so belanglos er auf uns wirken mag, so übertrieben seine Reaktion zweifellos ist, mehrere Wochen überhaupt nicht, kam anscheinend nicht einmal in die Nähe seiner Buchstabenkiste. Schließlich änderte er die Schlußzeile ein weiteres Mal und schickte diese nun endgültige Fassung nach Hamburg.

So nah

nach Achmatowa

So nah kommt es heran, das Wunderbare
Und Hohe, daß man es merkt. Aber woran?
Anhand der warmen Borke, am Heustoß,

An Mahdbahn, Sode, Werstmeer aus Korn,
Sandbank samt rarem Seehund, wo rohe
Barkass-Möwen Durstdrama höhnen,

Woanders an dem hehren Brokatssaum
Der Sonne da, so wahr. Man bemerkt Haus,
Haus nebst Radwerk dran, Moosmähne,

Wasserhaar, ahnt Ode summenden Korb,
Kormorane ums Strandbad, Hasenwehe.
Es rankt so wunderbar, so nahe am Hemd:

Da Möhren, da Wruken, Rassemohn, Bast,
Da Saubohnen, dort am Wehr Kresse. Am
Stauwerk sehnen Soden, am Dom Rhabar-

Berstauden, hoher Rosenkamm, das wan-
Kende Bahamas-Rohr, Wermut sodann. Es
Kommt, was eher da, uns sonderbar nahe.

Achmatowa: Eine ganze Reihe der Anagrammgedichte Theodor Vischhaupts beruhen auf Zeilen der russischen Lyrikerin Anna Achmatowa (1889–1966), deren Werk er seit seiner Jugendzeit verehrte. In seinen Tagebüchern und in den Briefen an Thaddäus Winkelmann bezieht er sich wiederholt und in scherzhafter Weise auf »meine Anna-Gramme« (Vischhaupt, Theodor / Winkelmann, Thaddäus: *Das Spiel, dieses Leben. Der Briefwechsel zwischen Theodor Vischhaupt und Thaddäus Winkelmann*. Rahlstedter Verlag, Hamburg 2004). Von den insgesamt fünfundzwanzig Gedichten, die sich auf Anna Achmatowa beziehen, werden in dieser Auswahl lediglich drei präsentiert (siehe dazu auch die Gedichte »Verzeih« und »Schlaflied«). Im vorliegenden Text stammt die Anfangszeile »So nah kommt es heran, das Wunderbare« aus einem Natalija Rykowa gewidmeten Gedicht vom 9. Juni 1921 (siehe dazu: Voigt, Prof. Dr. Lutker: »So nah kommt es heran. Theodor Vischhaupt, Anna Achmatowa und die Einflüsse der russischen Poesie«. In: *Der neue Akmeist. Zeitschrift für Slawistik und Komparatistik*. Bonn 2003). | **Haus nebst Radwerk dran**: Vermutlich ist hier eine Wassermühle gemeint, zumindest lassen das die nachfolgenden Worte (»Moosmähne, // Wasserhaar«) vermuten. | **Hasenwehe**: Mehrere Hasen im Wind? Eine Reihe von Hasen im Gras, die wie verweht, wie hingeweht aussehen? Oder im Gegenteil ein Wind, der sich sozusagen hasenartig fortbewegt, also Haken schlägt oder hoppelt, sofern dies möglich ist? Langenscheidt schlägt vor, in diesem Neologismus weniger die Wehe als das Weh zu sehen, hat aber mit dieser Theorie kaum Anhänger gefunden (siehe Langenscheidt, Petra: »Sühnehüllen. Religiöses Sentiment und Zerknirschung in den Anagrammen Theodor Vischhaupts«. In: *Blätter zur Zeit*. München 2002). | **Bahamas**: Vischhaupt war selbstredend nie dort, schwärmt aber im Tagebuch von »diesem Wohlklang, diesem warmen Triple-A, dieser gemächlichen Brandung aus A's, schwappschwappschwapp, in der man es sich gut gehen lassen kann« (Vischhaupt, Theodor: *Mein Herz ist ein Doge. Tagebücher und Aufzeichnungen*. Rahlstedter Verlag, Hamburg 2003).

Das Kind

Da: Tausend Sikhs, nackt,
Kais Handstandstück,
Kakadus, sacht nistend,
Kaskadische Stadt. Nun
Das Kind. Sucht es Kanta-
Tenkunst, Adidas, Kasch?
Kaniden, Skat? Sucht's da
Stunk, Kaddisch, Saaten?
Knastkandidatssuche?
Handsack Dukaten? Ist's
Kastenkind? Aus Tschad,
Kasachstan? Sudetkind?
China, Kansk, Südstadt?
Kein Satansdad kuscht,
Knutscht das As da, kein
Sack kennt's, Thaddaius,
Das Kind aus Taschkent.

Kai: In einer früheren Fassung des Gedichts findet sich der Name Kia, nicht Kai (siehe Vischhaupt, Theodor: »Zehn Anagrammgedichte«. Mit Faksimiles der handschriftlichen Erstfassungen, kommentiert von Prof. Sigrid Hamann. In: *Theorie und Praxis. Zeitschrift für deutschsprachige Literatur*. Dresden 1997). Weder der eine noch der andere Name taucht im familiären Umfeld oder im näheren Bekanntenkreis Vischhaupts auf. | **Kaskadische Stadt**: Vermutlich eine reine Phantasiestadt, jedenfalls wohl nicht Berlin. | **Satansdad**: Über seine eigene Kindheit hat Vischhaupt kaum je ein Wort verloren, doch scheint sein Verhältnis zum Vater nicht das beste gewesen zu sein (Wunderlich, Dr. Bernd: *Vischhaupts kurzes Leben in Texten und Bildern. Eine Monographie*. Lichtblick Verlag, Münster 2007). | **Thaddaius:** Natürlich niemand anders als Thaddäus Winkelmann, der es also schon vor dem ihm gewidmeten Gedicht »Mein Herz« (siehe dort) ins Vischhauptsche Œuvre, ja sogar ins Innere eines Gedichts hinein geschafft hat. »Ich habe heute Deinen wunderbar komischen Brief erhalten – und das Gedicht, das Du ihm beigelegt hattest. Was soll ich sagen? Ich bin überglücklich, in höchstem Maße geehrt, weiß nicht, wie ich Dir jemals danken kann. Eine ähnliche Freude werde ich Dir, wie Du weißt, nicht machen können, da ich kein Dichter, nur ein Leser bin, nicht zuletzt Dein Leser«, schreibt Winkelmann am 7. September 1988 an Vischhaupt (Vischhaupt, Theodor / Winkelmann, Thaddäus: *Das Spiel, dieses Leben. Der Briefwechsel zwischen Theodor Vischhaupt und Thaddäus Winkelmann*. Rahlstedter Verlag, Hamburg 2004). | **Das Kind aus Taschkent:** Scheureb schlägt vor, daß das einzelne Wort »Knastkandidatssuche« Ausgangspunkt für dieses Anagramm gewesen sei (Scheureb, Maria: »Von DADA, Sprachspiel, Anagrammen. Theodor Vischhaupt im Kontext der europäischen Avantgarde«. In: *Frakturen. Magazin für Sinn und Unsinn*. Zürich 2008), andere Wissenschaftler hingegen sind überzeugt, daß die allerletzte Zeile am Anfang des Schreibprozesses stand, und verweisen auf den Titel, der das Kind sogleich ins Zentrum des Geschehens rückt. Leider sind die handschriftlichen Fassungen des Gedichts, das im Sommer 1988 entstanden sein muß, uns nicht erhalten, sind Vischhaupts Notizbücher aus jener Zeit verschollen, so daß keine endgültige Klarheit über diese Frage gewonnen werden kann; in den Tagebüchern taucht erst eine relativ fortgeschrittene Fassung auf, wenige Tage, bevor das Gedicht in seiner endgültigen Form feststand.

Schade

Wie jammerschade, daß uns alles flieht,
Daß jede alte Hilfswache mal rein muß,

Daß jede Mumie rasen, falsche Hast will.
Wie schade, daß uns ja immer alles fehlt,

Daß jede Schale fallen muß, mit Weihra-
Uch, mit Jasmin, daß alles Wahre, Feld, See,

Wind, Marsch, Mais, alles jäh des Teufels
Ist. Ja, Flehende: Warum dies Schlamassel,

Daß jede Schlehe Saft sein will, Urmama
Jeder Alt mißfallen muß? Ah, wie schade,

Daß jeder Walhai Metalle fischen muß,
Daß jede Flamme ans Haus will, seichter

Jeder Amtslaie das Heil schwafeln muß,
Jedes Mädchen 's Haar aus Filmsets will,

Daß jede Leihwelt schlafen muß. Maria! –
Wie jammerschade, daß uns alles flieht.

Weihra- / Uch: Langenscheidt setzt sich in ihrem langen Essay vor allem mit diesem Gedicht auseinander und verweist auf Schlüsselbegriffe wie »Weihrauch«, »Teufel«, »Heil« (Langenscheidt, Petra: »Sühnehüllen. Religiöses Sentiment und Zerknirschung in den Anagrammen Theodor Vischhaupts«. In: *Blät-*

ter zur Zeit. München 2002). | **Maria**: Daß Langenscheidt hier der Ansicht ist, es könne sich nur um die Muttergottes handeln, verwundert angesichts ihrer Thesen nicht.

Verzeih

nach Achmatowa

Verzeih, daß ich mit Kummer lebte,
Bleich, im Kratzehemd, versus Miet-
Dieb, Mittelmaßherz, Muckervieh,

Beckmesser, virile Hatz, Dummheit,
Zechtribalismus, Verdiktehemme.
Ich haßte Verdi, Ketzer, im Bummel

Hetze, Murks im Vers, Lache im Bidet,
Dreck, Brei, viel Hitze. Haßte Mumm,
Verachtete milde Bußmimik, Herz-

Derivat, Zithermusik, Selchbemme,
Leides Stich. Brummte, zieh, verkam,
Krumm, zäh. Vermißte, liebte dich.

Das Gedicht entstand im Jahre 1995 kurz vor Vischhaupts Freitod, ist vielleicht gar das letzte, das er geschrieben hat (siehe diesbezüglich auch die Anmerkungen zum Gedicht »Schlaflied«) – zumindest lag es dem letzten Brief bei, der Thaddäus Winkelmann erreichte und der auf den 17. April datiert ist. | **Achmatowa**: Anna Achmatowa (1889–1966), russische Lyrikerin, siehe die Anmerkung zu dem Gedicht »So nah«. Hier bezieht sich Vischhaupt auf die Zeile »Verzeih, daß ich mit Kummer lebte« aus einem Gedicht Achmatowas aus dem Frühjahr 1915. | **Miet- / Dieb**: Vischhaupt wohnte bis zum Schluß zur Untermiete. In seinen Briefen und Tagebüchern findet man gelegentlich zynische und sehr komische Kommentare zu Wohnungseigentümern und Mieterhöhungen – obwohl die Miete der kleinen Dachwohnung, die Vischhaupt seit Mitte der siebziger Jahre ununterbrochen bewohnte, über die Jahre nur maßvoll hochgesetzt worden war. | **Verdi**: Das stimmt wohl tatsächlich. Vischhaupts Lieblingskomponist war, wie er mehrfach notierte, Gustav Mahler. | **Murks im Vers**: Auch dieser Aussage muß man Glauben schenken, war doch Vischhaupt tatsächlich ein Perfektionist, der tage- und nächtelang über den Buchstaben brütete, ohne sich um Schlaf und Nahrungsaufnahme zu kümmern. | **Selchbemme**: Man wird sich hier ein mit geselchtem, also geräuchertem Fleisch belegtes Brot vorstellen müssen. | **Vermißte, liebte dich**: Die Tatsache, daß dieses Gedicht ausgerechnet dem letzten an Winkelmann adressierten Brief beilag, hat zu den wildesten Spekulationen geführt. Tatsache ist, daß wir nicht wissen, auf wen sich dieses »dich« bezieht – und ob es sich überhaupt auf irgend jemanden bezieht.

Schlaflied

nach Achmatowa

Weit und hell ist das Abendlicht.
Beil schallt. Da sind Hütte, Wind,
Stallwand, Hund bei Distel, Teich.
Wilddiebs Stunde lacht: Halt ein.

Blind und letheweich ist das Tal,
Bleich wallt Dunst, eist die Hand,
Schwindet. Dill steht dabei. Luna
Schwillt und labt. Die Hinde äst.

Allein und dicht bewaldet hisst
Nacht das Leid, webt Lust hin, Lied.
Ade, Welt. Bald huscht Iltis in den
Lindenleib, duldet, ist hastwach.

Ach, weihestill und lind das Bett,
Tüll, Tisch. Die Hand wandelt, bis
Nett das Lid heilt, Wunsch, Leid ab-
Haut, das Schwindelbild enteilt.

Dieser möglicherweise noch nach dem Gedicht »Verzeih« geschriebene Text lag auf Vischhaupts Schreibtisch, als man den schon seit mehreren Tagen Toten in seiner Wohnung endlich fand (siehe Wunderlich, Dr. Bernd: *Vischhaupts kurzes Leben in Texten und Bildern. Eine Monographie*. Lichtblick Verlag, Münster 2007). | **Achmatowa**: Anna Achmatowa (1889–1966), russische Lyrikerin, siehe die Anmerkung zu dem Gedicht »So nah«. Hier spielt Vischhaupt mit der Zeile »Weit und hell ist das Abendlicht« aus einem im Frühjahr 1915 entstandenen Gedicht Achmatowas. | **Da sind Hütte, Wind**: Ein Idyll, ein Ideal, das Zuhause, das sich Vischhaupt wünschte? Oder tatsächlich schon das Jenseits, wie Langenscheidt meint (Langenscheidt, Petra: »Sühnehüllen. Religiöses Sentiment und Zerknirschung in den Anagrammen Theodor Vischhaupts«. In: *Blätter zur Zeit*. München 2002)? | **letheweich**: Lethe, der Unterweltfluß der griechischen Mythologie. | **Luna**: Die römische Mondgöttin – oder der Mond selbst. | **Schwindelbild**: Die Welt, die nur fünf Zeilen zuvor angerufen wird?

Philip Miller

Einführung in Leben und Werk Philip Millers

Sagen wir es frei heraus: Niemand vermag mit Bestimmtheit zu sagen, wer Philip Miller war oder ist. Tatsächlich handelt es sich bei dem dritten und letzten der hier vorgestellten Dichter um jenen, den als Verborgenen zu bezeichnen unausweichlich ist, der die Abgeschiedenheit, das Versteck, den Untergrund geradezu gesucht hat. Jedenfalls scheint es so. Und rein gar nichts wüßten wir von ihm und seinem schmalen Werk, gäbe es nicht zwei Zeugen, denen wir nicht nur verdanken, daß Philip Millers Gedichte vor der Zerstörung und dem Vergessen gerettet wurden. Dank ihrer Aufmerksamkeit und ihrer Beharrlichkeit gelingt es uns auch, wenigstens einen flüchtigen Blick auf den rätselhaften Dichter zu erhaschen, gelingt es, seine Gestalt, wenn auch nur schemenhaft, für einen Augenblick wahrzunehmen, bevor sie uns erneut entgleitet. Aber fangen wir bei den Tatsachen an. Beginnen wir mit dem Unstrittigen.

Es gibt in Rom einen kleinen Platz unweit des Corso Vittorio Emanuele II., wo der immerwährende Lärm und die Hektik dieses quer durchs historische Zentrum führenden Boulevards mit einem Mal sehr weit weg erscheinen, wie verschluckt von einem Samtvorhang, eine Piazzetta, die zwischen all den herrlichen Orten liegt und dort ihre jahrhundertealte Ruhe bewahrt. Mehr wie ein Seiteneingang ins urbane Theater, nicht wie die Bühne selbst wirkt diese bescheidene Freifläche, benannt nach einer Skulptur, einem Torso vielmehr, der früher einmal König Menelaos mit der Leiche des Patroklos dargestellt haben soll, der von den Römern aber auf den Namen Pasquino getauft wurde – nach einem Schuster des fünfzehnten Jahrhunderts, der für seine scharfe Zunge und seinen Witz berühmt war und dessen Werkstatt sich unweit der Stelle befand, wo man seiner heute gedenkt. Namenlose Dichter heften ihre meist gereimten und nicht immer meisterhaften Spottverse an diesen Torso und dessen Sockel, auch wenn die römische Stadtverwaltung den Pasquino vor kurzem einer Generalreinigung unterzogen und seiner im Laufe vieler Jahre gewachsenen, dicken Papierschichten beraubt hat – in der Hoffnung, daß der gewichtige Marmorschuster von nun an verstummen möge. Das aber ist bislang nicht der Fall.

Im Februar des Jahres 2004 taucht zwischen all den kreuzgereimten Satiren, den hämischen Vierzeilern, plötzlich ein Fremdkörper auf: ein längeres Gedicht auf einem herkömmlichen Bogen weißen Schreibpapiers, das in einer durchsichtigen, mit Tesafilm versiegelten Plastikhülle steckt, um das Werk vor Niederschlag und Straßenschmutz zu schützen. Schon diese Art der Präsentation, die Umsicht, mit welcher der Autor sein Werk behandelt, heben das Gedicht ab von den meist in Eile angebrachten und für den Moment, den tagespolitischen Kommentar gedachten Versen. Hinzu kommt, daß dieses Gedicht, mit schwarzer Tinte und in einer klaren, etwas gedrungenen Handschrift zu Papier gebracht, nicht wie die rahmenden Verse drum herum in italienischer, sondern in deutscher Sprache verfaßt worden ist, was es für einen Großteil der Passanten unverständlich macht.

Der glückliche Umstand, der so viele Werke der Literatur ans Licht gebracht hat, trägt im vorliegenden Fall gleich zwei Namen: Mampieri der eine, Rossi der zweite. Pippo Mampieri hat in den sechziger und frühen siebziger Jahren bei einem großen Automobilhersteller im süddeutschen Raum gearbeitet, ist mit beträchtlichen Ersparnissen in seine Heimatstadt Rom zurückgekehrt, hat mit hohem Einsatz gespielt und verloren, hat erneut alles auf eine Karte gesetzt und ist gestrauchelt, hat, wie er selbst es ausdrückt, »einfach kein Glück gehabt«. Im Februar 2004 jedenfalls verteidigt Mampieri schon seit geraumer Zeit die Schwelle vor dem Portal der unscheinbaren Kirche an der Piazza di Pasquino als seinen Erwerbs- und Aufenthaltsort und liest regelmäßig die neuesten Anschläge an dem berühmten Torso, auf den er den besten Blick hat. Dank seiner ausgezeichneten, wenn auch durch die Jahre und den sozialen Abstieg ein wenig eingerosteten Deutschkenntnisse überfliegt Mampieri auch das mit »Erste Elegie« überschriebene Gedicht eines ihm unbekannten Autors namens Miller, der ihm dennoch bemerkenswert vorkommt – erst recht, als weitere, ebenfalls von Klarsichthüllen geschützte Elegien desselben Autors erscheinen. Erst im Sommer aber findet Mampieri heraus, warum jedes Gedicht schon nach wenigen Tagen verschwindet, als er nämlich die zweite Leserin Millers dabei ertappt, wie sie sich an der Hülle zu schaffen macht: Agnese Rossi, Tochter deutsch-italienischer Eltern, arbeitet zu dieser Zeit als Verkäuferin bei einem Optiker an der Piazza, hat schon im Februar beschlossen, die Elegien, die sie mit wachsender Begeisterung liest, zu sammeln und so vorm Zugriff weniger lyrisch gestimmter Geister zu bewahren. Auch hat sie, schon von Berufs wegen eine scharfe Beobachterin, in ihren freien Minuten einen Mann von eher unrömischer, nordeuropäischer Erscheinung gesehen, der etwas an den Sockel heftete, einen hochgewachsenen blonden Mann von fast aristokratischer Haltung und mit Anzügen von gehobener Qualität, womöglich maßgeschneidert. Mampieri und Rossi kommen ins Gespräch, vereinbaren, von nun an gemeinsam vorzugehen und sich der Texte des Fremden anzunehmen. Und in der ersten Septemberwoche verläßt Pippo Mampieri, der sein eigener Herr ist, sogar einmal seinen Platz vorm Portal, um jenem Mann zu folgen, in dem er Philip Miller zu erkennen glaubt, folgt ihm durch die Via del Governo Vecchio und die Via Banchi Nuovi bis zum Largo Tossoni, von dort an den Bussen vorbei zur Florentinerkirche und zum Fluß, auf der anderen Seite am Tiber entlang, am Gefängnis Regina Coeli vorbei, bis er ihn, auf Höhe des Ponte Mazzini in der Via della Lungara schließlich aus den Augen verliert.

Kein Tourist, ein Fremder aber bestimmt. Den Elegien selbst ist nicht viel zu entnehmen, doch darf man vermuten, daß es Miller erst kurz zuvor, wahrscheinlich Anfang des Jahres, nach Rom getrieben hatte – und daß er vielleicht nicht ganz freiwillig dorthin gezogen war. Er erscheint als ein Mann, der nicht ungebildet ist, eher im Gegenteil, und dem man zumindest grundlegende Kenntnisse der italienischen Sprache unterstellen darf; als einer, der keiner regelmäßigen Arbeit nachgeht, da eine solche ihm weder Zeit zum Schlendern gelassen noch ihm erlaubt hätte, seine Gedichte zu so unterschiedlichen Tages- und Nachtzeiten am Pasquino anzubringen, wie es seinen beiden Lesern zufolge der Fall gewesen sein muß. Jenseits dessen beginnen die Gerüchte, die Ahnungen und Spekulationen, die reizvoll sein mögen, wenn man romantisch veranlagt ist und den Nervenkitzel liebt – doch daß es sich bei Miller tatsächlich um einen reichen Lebemann, einen Finanzbetrüger oder gar um einen Agenten des Geheimdienstes gehandelt haben könnte, will nicht recht einleuchten.

Sicher ist nur dies: An einem Novembermorgen entdecken Rossi und Mampieri die letzte und zwölfte Elegie. Keine weitere taucht auf. Im späten Frühjahr entschließen sie sich, ihre Sammlung an einen Professor der römischen Universität, der berühmten Sapienza, weiterzugeben. Und im besonders heißen Sommer des darauffolgenden Jahres glaubt Rossi, die auf dem Weg von der Arbeit nach Hause ist, an der völlig überfüllten Haltestelle Lepante der römischen Metro jenen wohlgekleideten Mann von der Piazza di Pasquino auf dem gegenüberliegenden Bahnsteig zu bemerken, doch sieht, als sie die Treppe hinaufrennt, außer Atem die Straße erreicht, nur mehr einen ungewöhnlich großen Mann mit etwas hellerem, sich bereits lichtendem Haar, der seinen Aktenkoffer abstellt und sich zu seinen drei Kindern herabbeugt, sie innig herzt, der dann die Wange seiner Gattin küßt und in reinstem Italienisch von seinem Arbeitstag zu berichten beginnt, mit, so scheint es Agnese Rossi, die mit rotem Kopf und seltsam peinlich berührt an diesem Bild einer typisch italienischen Familie vorüberläuft, einem deutlichen Mailänder Akzent.

Literatur

Miller, Philip: Elegien 5–7. Mit einer Einführung von Prof. Alberto de Angelis. In: *La Letteratura Tedesca. Revista germanistica*. Rom 2005.

Miller, Philip: Elegien 1–7. In: *Metren. Journal für Verskunst*. Rostock 2005.

Miller, Philip: Elegien 1–12. In: *Revers. Zeitschrift für Poesie und Poetik*. Berlin 2006.

Miller, Philip: Elegien 1, 5, 10, 11 und 12. In: Lindner, Mareike (Hrsg.): *Die deutschsprachige Elegie*. Stiermann Verlag, Frankfurt 2007.

Miller, Philip: »Zwölf Elegien«. Sonderdruck der Zeitschrift *Revers. Zeitschrift für Poesie und Poetik*. Mit den Protokollen von Agnese Rossi und Pippo Mampieri sowie einem Interview mit Prof. Alberto de Angelis. Berlin 2009.

Miller, Philip: »Römische Elegien«. Bleisatz im Schuber, mit Federzeichnungen von Ferdinand Rötlinger. Schönbrunn Verlag, Leipzig 2010.

Huber, Felicitas: »Von Deck- und Künstlernamen: Auf der Spur eines europäischen Phantoms«. In: *Deutsche Zeitschrift für Kriminalistik*. Kiel 2010.

Jennewein, Robert: »Millers Rom – eine Spurensuche in der ewigen Stadt«. In: *Der Germanist. Zeitschrift für neuere deutsche Literatur*. Innsbruck 2010.

Schuhmann, Prof. Dr. Eberhard: »Bröckelnder Kontinent. Einige Anmerkungen zu einem unbekannten Dichter«. In: *Revers. Zeitschrift für Poesie und Poetik*. Berlin 2010.

Roberto Zapperi: Anmerkungen zu Philip Miller

(übersetzt von Ingeborg Walter)

Es ist bekannt, daß Goethe während seines Aufenthalts in Rom von Oktober 1786 bis April 1788, ausgenommen eine längere Unterbrechung, als er sich nach Neapel begab, ein striktes Inkognito zu wahren wünschte. Aus diesem Grund beschloß er schon in Deutschland, den Decknamen Johann Philipp Möller zu benutzen. Anfang 1787 stellte er sich in der römischen Pfarrei Santa Maria del Popolo vor, die damals auch eine Art Einwohnermeldeamt war, und machte dort die nötigen Angaben zu seiner Person. Er erklärte, Filippo Möller zu heißen, doch der Pfarrer, der kein Deutsch konnte, wandelte den Familiennamen in das für ihn leichtere Miller um. Offiziell hieß also der Deutsche, der sich bei ihm gemeldet hatte, Filippo Miller, während die Leute aus dem Volk, mit denen Goethe gerne verkehrte, ihn vertraulich den Signor Filippo nannten. Als dieser war er in der Gegend rund um die Piazza del Popolo, in deren Nähe er wohnte, allseits bekannt.

Heute hat ein Zeitgenosse seinerseits den Namen angenommen, den Goethe zweihundert Jahre zuvor in Rom für sich gewählt hatte, und zwar in der Form, wie sie damals registriert wurde. Da dieser Zeitgenosse sich aber an ein deutsches, nicht an ein italienisches Publikum wendet, hat er den Vornamen wieder verdeutscht. Er nennt sich nicht Filippo, sondern Philip Miller – ein sehr seltsamer Mensch, der in dem Jahr, als er in Rom lebte, Goethes Stadt noch einmal ohne deutsche Pedanterie durchstreift hat. Wie Goethe ist er auch ein Dichter, und wie dieser hat er *Römische Elegien* geschrieben, zwar keine zwanzig, sondern nur zwölf, aber er schrieb sie in Rom, während Goethe die eigenen erst zurück in Weimar zu Papier brachte.

Dieser sonderbare Mensch mit dem Namen Philip Miller kam eines Tages, als er wieder einmal durch Rom schlenderte, in die Nähe der Piazza Navona und entdeckte hier neben dem Palazzo Braschi jenen antiken Torso, den die Römer Pasquino nennen. Miller sah, daß viele Zettel an ihm hafteten, und wollte wissen, was es damit auf sich habe. So erfuhr er, daß die Römer seit vielen Jahrhunderten Zettel an diese Marmorstatue anzuheften pflegten. In Prosa oder gereimt, geißelten sie gewöhnlich die Verderbnis der Sitten, oft aber enthielten sie auch Verleumdungen gegen verhasste Personen. Philip Miller konnte der Versuchung nicht widerstehen, es den Römern nachzumachen. Er heftete seine Elegien an die Statue, ohne zu bedenken, daß sie auf deutsch geschrieben waren, in einer Sprache, die in Rom höchstens ein paar Gelehrte verstanden.

Philip Miller wußte allerdings nicht, daß in unmittelbarer Nähe der Statue des Pasquino, in S. Agostino, der Kirche des Augustinerordens, dem auch Martin Luther angehörte, eine andere Statue stand, an welche zu Anfang des 16. Jahrhunderts, in der gleichen Zeit, als Kardinal Oliviero Carafa den Pasquino aufstellen ließ, ebenso gerne Zettel, in diesem Fall mit Gedichten, angeheftet wurden. Die Usance ging auf den Luxemburger Humanisten und Geistlichen Johann Goritz zurück. Dieser hatte in S. Agostino einen Altar gestiftet, den eine Statue der Anna Selbdritt von Andrea Sansovino schmückte. Neben dem Altar befand und befindet sich noch heute ein Fresko von Raffael, den Propheten Jesaja, flankiert von zwei Engeln, darstellend. Am 26. Juli, dem Fest der hl. Anna, deren Kult in seiner Heimat sehr verbreitet war, pflegte Goritz seine Freunde zu einer religiösen Feier zu Ehren der Heiligen einzuladen, gefolgt von einem Festmahl in seiner Villa beim Trajansforum. Unter diesen Freunden befanden sich viele lateinische Dichter, darunter so große italienische Literaten wie Pietro Bembo, Baldassare Castiglione, Paolo Giovio, Marcantonio Flaminio und sogar der Deutsche Ulrich von Hutten, die bald damit begannen, ihre Gedichte an die Sankt-Annen-Statue anzuhängen. Goritz sammelte die Verse seiner Freunde, publizierte sie aber nicht, bis einer der Literaten, Blosio Palladio, sie ihm aus einer Schublade, wo sie verwahrt waren, stahl und veröffentlichte. So entstand die berühmte *Coryciana*, die größte Sammlung lateinischer Dichtung der italienischen Renaissance.

Erste Elegie

Heute in aller Frühe kamen die römischen Gärtner,
Stutzten vorm Haus die Kakteen, schnitten die Enden ab,
Denen zu helfen nicht war, und retteten so das Ganze.
Livia, dieses Bild ging mir die ganze Zeit
Nicht aus dem Sinn, und auch der heisere Klang der Sägen
Hing mir noch lange im Ohr. An diesem ersten Tag
Sah ich die Frau des Schlachters in rosa Häschenpantoffeln
Rauchend vor ihrem Geschäft, wo sie den Absatz wusch,
Wohnanlagen wie Flagschiffe, prachtvoll von lauter Laken;
Sah im Café den Wirt, wie er das heiße Geschirr
Aus der Maschine nahm, dampfende weiße Marmorbrocken,
All den verwaschenen Putz, Ocker, Zimt oder Rot,
Palmen vor den Fassaden, ausgefranster als Pinsel,
Und den Maronenmann an seinem Märtyrerrost;
Schließlich bei Sankt Paul vor den Mauern die beiden Jungen
Linker Hand vom Portal: Während die Messe begann
Und man von drinnen das Singen und Beten der Gläubigen hörte,
Schossen sie ihren Ball gegen die Kirchenwand,
Unermüdlich und ohne dafür getadelt zu werden,
Gegens gemauerte Grau, gegen den alten Stein,
Wieder und wieder, und so, wie das Leder getreten wurde,
Sprang es zu ihnen zurück. Majestätisch und stumm
Gehen Zyklopen neben mir, Livia, hohe Laternen,
Bringen mich bis zum Haus. Aufgeplatzt unterm Tisch
Immer noch die Orange von gestern, die feine Naht aus
Ameisen, die sie heilt. Draußen sind die Kakteen,
Meine Versehrten. Jetzt in der Dämmerung leuchtet jedes
Frisch gekürzte Glied hell und weiß wie ein Stern.

Heute in aller Frühe: Ob es sich bei dem beschriebenen Tag tatsächlich um den ersten Tag handelt, den Philip Miller – oder jener Autor, der sich hinter dem Namen Philip Miller verbirgt – in Rom verbrachte, wie er selbst in dieser Elegie behauptet (»An diesem ersten Tag ...«), läßt sich verständlicherweise nicht sagen. Viel grundsätzlicher läßt sich vielmehr die Frage stellen, inwiefern die zwölf uns erhaltenen Elegien Millers überhaupt seine eigenen Erfahrungen widerspiegeln – die Frage also, altmodisch gesprochen, wie groß der Anteil des Lebens und der Anteil der Kunst in den Elegien jeweils ist. In der Miller-Forschung, die sich, so kurz nach Entstehen der Gedichte, noch im Anfangsstadium befindet (so sehr, daß das Wort Forschung etwas zu hoch gegriffen erscheint), haben beide Positionen bereits vehemente Verfechter gefunden (vgl. hierzu die Aufsätze von Jennewein und Schuhmann). | **Livia**: Man kann, darüber besteht Einigkeit, ausschließen, daß es sich hierbei um den wirklichen Namen einer existierenden Person handelt – und sollte tatsächlich eine Frau Adressatin der Millerschen Elegien sein, eine Vertraute oder gar eine Geliebte des Verfassers der Elegien, so wird sie zweifellos einen anderen, uns für immer unbekannten Namen tragen. Livia, dies ist gerade im römischen Kontext aufschlußreich, war auch der Name der Gattin des Kaisers Augustus. Zu denken wäre auch an all jene Frauennamen, die die klassischen römischen Dichter als Adressatinnen ihrer Liebesdichtungen wählten. So schrieb Catull seine *carmine* für eine Lesbia, Properz widmete seine Elegien der Cynthia (hinter der sich eine Frau mit dem Namen Hostia verborgen haben soll), Gallus bedichtete eine Lycoris, Tibull eine Delia und Ovid schließlich seine Corinna. Daß es sich bei der Livia Philip Millers um ein ähnliches Pseudonym handelt, ist also durchaus wahrscheinlich.
An diesem ersten Tag: Miller erscheint gleich in der ersten Elegie als Spaziergänger, als einer, der sich durch die Stadt treiben läßt – als Flaneur also, ganz im Sinne Werner Bergengruens, an dessen *Römisches Erinnerungsbuch* man hier denken könnte, wo es heißt: »Die angemessene Bewegungsart, ja die fruchtbare Lebensweise ist für den Gast Roms das glückliche Schlendern; wenn man so will: das Spazierengehen, und dies Wort kommt vom lateinischen ›spatium‹ – der Raum, so dass man es wohl mit der Wendung ›sich des Raumes mächtig machen‹ verdeutschen könnte. Man muss sich treiben lassen und nicht streben, ein Besichtigungsprogramm abzuarbeiten.« | **Wohnanlagen**: Man hat zu erra-

ten versucht, wo in Rom Miller gewohnt haben könnte, doch sind die Angaben in den Gedichten selbst eher spärlich und von so allgemeiner Natur, daß eine Festlegung riskant erscheint. Robert Jennewein schlägt den Stadtteil Garbatella vor, der sich südlich des Stadtzentrums befindet, zwischen der Via Ostiense und der Via Cristoforo Colombo, und argumentiert vor allem mit der räumlichen Nähe dieses Stadtteils zu der in dieser Elegie genannten Kirche, die »bei einem ersten Erkundungsspaziergang am ersten Tag seiner römischen Zeitrechnung überaus leicht erreichbar« gewesen sei (vgl. Jennewein, Robert: »Millers Rom – eine Spurensuche in der ewigen Stadt«. In: *Der Germanist. Zeitschrift für neuere deutsche Literatur*. Innsbruck 2010). Jennewein bringt aber auch das Café »Bar dei cesaroni« ins Spiel (siehe hierzu die Anmerkung zur dritten Elegie). | **Sankt Paul vor den Mauern:** San Paolo fuori le Mura, eine der vier Patriarchal-Basiliken und eine der sieben Pilgerkirchen Roms, bis zum Neubau des Petersdoms im 16. Jahrhundert die größte Kirche der Welt. Bekannt ist sie unter anderem wegen der 265 Medaillons, auf denen die Porträts aller Päpste von Petrus bis zum heutigen Tag zu sehen sind.

Zweite Elegie

Wieder, Livia, habe ich Pinie und Zeder verwechselt,
Aber ich lerne dazu, füge dem Süden mich ein.
Morgens, wenn das Wasser noch kühl in den Leitungen schlummert,
Steige ich aus dem Bett, stoße die Läden auf,
Stehe geblendet im Licht wie eine gerettete Seele
Aus Renaissance und Barock, schwebe als Fresko, in Öl.
Alles beginnt zu blühen, die Mandelbäume, die Kirschen,
Alles geht plötzlich hoch, schießt seinen stummen Salut,
Während die alten Damen im Bus am Sonntag noch immer
Mäntel tragen, den Fuchs eng um die Schultern gelegt,
Auf ihrem Weg zur Messe in eine der vielen Kirchen;
Immer im Zentrum der Dom, riesenhaft, ein Planet –
Hunderte weiterer Kuppeln kreisen als kleine Monde
Um seine Bläue herum. Zwischen den Sitzen hängt
Lange noch zart der Geruch von Mottenkugeln, aber
Drüben im Opernhaus üben die Waldhörner schon,
Und das vertrocknete braune Blatt auf dem Rasen im Garten,
Transparentes Papier, Skript aus dem letzten Jahr,
Wird zur ersten, lebendigen Grille des kommenden Sommers,
Schnarrt plötzlich auf und fliegt knatternd von Ast zu Ast.

Aber ich lerne dazu: Auf der Rückseite des Zettels, der am Pasquino klebte und auf dem Pippo Mampieri die zweite Elegie entdeckte, findet sich ein in derselben Handschrift notiertes Goethe-Zitat aus der *Italienischen Reise*: »Der nordische Reisende glaubt, er komme nach Rom, um ein Supplement seines Daseins zu finden, auszufüllen, was ihm fehlt; allein er wird erst nach und nach mit großer Unbehaglichkeit gewahr, daß er ganz den Sinn ändern und von vorn anfangen müsse.« | **Renaissance und Barock**: Welches Ölgemälde oder Fresko Miller hierbei vor Augen gehabt haben mag? Man kann nur mutmaßen. Nachvollziehbar ist die Vermutung von Professor Alberto de Angelis in einem von der Berliner Zeitschrift *Revers* publizierten Interview, es habe sich höchstwahrscheinlich um ein Kunstwerk gehandelt, das Miller in Rom zugänglich war, um ein Bild also, das sich in einer der römischen Kirchen oder einem der Museen betrachten läßt. Reine Spekulation bleibt trotz allem, was Professor de Angelis dann anfügt, daß Miller nämlich an das berühmte Deckenfresko Andrea Pozzos in der Kirche Sant'Ignazio gedacht haben könnte, an den Triumph und den Eingang ins Paradies des heiligen Ignatius also, wahlweise auch an Baciccios Deckenfresko »Triumph des Franziskanerordens« in der Basilika Santi Apostoli – oder gar an Michelangelos »Jüngstes Gericht« in der Sixtinischen Kapelle im Vatikan. Für all das gibt es keinerlei Anhaltspunkte. | **Alles beginnt zu blühen**: Vergleiche hierzu Goethes Notiz aus dem März 1788: »Das Wetter ist seit einigen Tagen trübe und gelind. Der Mandelbaum hat größtenteils verblüht und grünt jetzt, nur wenige Blüten sind auf den Gipfeln noch zu sehen. Nun folgt der Pfirsichbaum, der mit seiner schönen Farbe die Gärten ziert. Viburnum Tinus blüht auf allen Ruinen, die Attichbüsche in den Hecken sind alle ausgeschlagen und andere, die ich nicht kenne. Die Mauern und Dächer werden nun grüner, auf einigen zeigen sich Blumen. In meinem neuen Kabinett, wohin ich zog, weil wir Tischbein von Neapel erwarten, habe ich eine mannigfaltige Aussicht in unzählige Gärten und auf die hinteren Galerien vieler Häuser. Es ist gar zu lustig.« (*Italienische Reise*) | **Dom**: Natürlich San Pietro, der Petersdom also. »Wenn Rom verginge und um den St. Peter her sich eine schweigende Wüste verbreitete, würde dieser Riesendom der Nachwelt mehr Zeugnis von der Herrschermacht des Papsttums wie von der Weltidee der Kirche geben, als es die Pyramiden Ägyptens von der Macht des Rhampsinit und Cheops zu tun vermögen.« (Ferdinand Gregorovius, *Geschichte der Stadt Rom im Mittelalter*) | **Opernhaus**: Das Teatro dell'Opera an der Piazza Beniamino Gigli unweit der Piazza della Repubblica.

Dritte Elegie

Heute, Livia, stand an der Bushaltestelle neben-
  An dieser ältere Herr, der so vertraut erschien,
Bis ich es merkte: Es war der verstorbene A. Tatsächlich
  Treibt es die Geister hier um, mehr noch als anderswo.
Alles verschwimmt, wird unklar. Was man gerade als Büste
  Oder als Statue sah, bietet dir kurz darauf
Wassermelonen zum Kauf an, wuchtig und fett wie Schweine;
  Falten, eben noch hart, eingegraben im Stein,
Werden geschmeidig hinter der Theke, hinter der Zeitung,
  Lachen dir plötzlich zu. Was mich persönlich betrifft,
Gab ich Caligula Trinkgeld, fragte Catull nach der Zeit, sah
  Nero mit Papagei hinter den Termini.
Soll man sich wundern? So alt sind die Steine, die Ausfallstraßen,
  Wo sich ein Kenotaph neben das nächste schiebt
Und die Verblichenen dich hinaus zur Campagna begleiten;
  Unter der Erde, im Tuff, Stockwerk um Stockwerk tief,
Katakomben, die langen Regale, wie Bibliotheken,
  Wie ein Archiv für den Staub, eng. Die Luft ist antik:
Nur ein paar Wurzeln durchdringen die Decke, trinken die Stille.
  Steigt man zurück ins Licht, kommen die Wände mit.

der verstorbene A: Wenn der Name des Verfassers der Elegien uns schon nicht bekannt ist, wenn schon der Name und die Identität der Adressatin, Livia, uns vor unlösbare Aufgaben stellt – wie erst sollte es möglich sein, die Person zu bestimmen, die sich hinter einer bloßen Initiale verbirgt, immer vorausgesetzt, es gibt eine solche Person oder hat sie je gegeben? Denkbar ist auch, daß Miller den Buchstaben A einzig und allein deshalb gewählt hat, weil es sich um den ersten Buchstaben des Alphabets handelt. | **Caligula:** Gaius Caesar Germanicus

(12–41 n. Chr.). Römischer Kaiser von 37 bis 41 n. Chr. | **Catull**: Gaius Valerius Catullus (84–54 v. Chr.). Römischer Poet, dessen Liebesgedichte an Lesbia zu den größten Werken der römischen Literatur zählen. Vergleiche auch die Anmerkungen zur ersten Elegie. | **Nero**: Nero Claudius Caesar Augustus Germanicus (37–68 n. Chr.). Römischer Kaiser von 54 bis 68 n. Chr., berüchtigt wegen seines ausschweifenden Lebensstils, der Christenverfolgungen und des großen Brands von Rom, für den er von manchen Historikern verantwortlich gemacht worden ist. – Robert Jennewein weist darauf hin, daß es im Stadtteil Garbatella ein Café namens »Bar dei cesaroni« gibt, das sich nicht nur bei den Anhängern des römischen Fußballvereins AS Roma großer Beliebtheit erfreut (was unschwer zu erkennen ist an den zahlreichen Wimpeln und Plakaten, an der bemerkenswerten Sammlung handsignierter Fotos aktueller und vergangener Lieblinge des römischen Calcio-Ensembles), sondern auch ein bemerkenswertes Maskottchen aufzuweisen hat – einen Papagei, einen Ara, um genauer zu sein, der den Besucher des Cafés in einem großen Käfig am Eingang erwartet und auf den Namen »Nerone« hört, die italienische Version von Nero also. Jennewein vermutet einen Zusammenhang mit Millers in der Tat bemerkenswerter Kombination Neros mit einem Papagei und führt diese Formulierung als weiteres Indiz für seine Theorie an, der Dichter der römischen Elegien habe in Garbatella gewohnt (vgl. Jennewein, Robert: »Millers Rom – eine Spurensuche in der ewigen Stadt«. In: *Der Germanist. Zeitschrift für neuere deutsche Literatur*. Innsbruck 2010). | **Termini**: Der römische Hauptbahnhof. | **Ausfallstraßen**: Miller denkt hier zweifellos an die alten römischen Konsularstraßen, insbesondere an die Via Appia Antica, die über fünfhundert Kilometer lang war und an deren Rand noch heute die Grab- und Gedenkstätten der edleren römischen Familien der klassischen Zeit zu sehen sind. | **Campagna**: Nicht die Region Kampanien wird hier gemeint sein, auch wenn die Appia Antica tatsächlich schon 300 v. Chr. bis ins nördlich von Neapel gelegene Capua, nach 190 v. Chr. sogar bis nach Brindisi in Apulien führte. Vielmehr handelt es sich um die Campagna Romana, also die Landschaft, welche die Stadt Rom umgibt. | **Katakomben**: Es existieren bekanntlich eine ganze Reihe von Katakomben in Rom, beispielsweise die von San Ciriaca, die von Sant'Agnese, die von Domitilla und die von Priscilla, doch da es sich bei der erwähnten »Ausfallstraße« um die Via Appia

Antica handeln dürfte, kommen eigentlich nur die Katakomben von San Callisto und San Sebastiano in Frage, die sich in unmittelbarer Nähe voneinander ebendort, an der Via Appia Antica, befinden. | **Steigt man zurück ins Licht**: Man denke auch an Goethes wenig begeisterte Schilderung seines eigenen Katakombenbesuchs: »Auf dem Verzeichnisse, was vor der Abreise von Rom allenfalls nachzuholen sein möchte, fanden sich zuletzt sehr disparate Gegenstände, die Cloaca Massima und die Katakomben bei St. Sebastian. Die erste erhöhte wohl noch den kolossalen Begriff, wozu uns Piranesi vorbereitet hatte; der Besuch des zweiten Lokals geriet jedoch nicht zum besten, denn die ersten Schritte in diese dumpfigen Räume erregten mir alsobald ein solches Mißbehagen, daß ich sogleich wieder ans Tageslicht hervorstieg und dort im Freien in einer ohnehin unbekannten, fernen Gegend der Stadt die Rückkunft der übrigen Gesellschaft abwartete, welche, gefaßter als ich, die dortigen Zustände getrost beschauen mochte.« (*Italienische Reise*)

Vierte Elegie

Geh an der großen Festung vorbei, dem Campo Verano,
Mauern, die endlos sind, nur überragt vom Schwarz
Hunderter schlanker Zypressen. Durch Scharten
im Backstein funken
Totenlichter ihr Rot quer durch den Abendverkehr,
Über die Tiburtina, an deren Rand, direkt am
Fuße der Friedhofsstadt, bunt mit Lampen behängt,
Blumenstände ankern, blinkend wie Ausflugsdampfer.
Noch eine zweite Stadt findet sich gleich nebenan,
Jenseits von San Lorenzo, jene der Bildhauer und der
Steinmetze: Ateliers, Werkstätten, Hof um Hof,
Die nur betreten darf, wer dort arbeitet, Gassen, Hallen
Voller Marmorstaub, berstend von Hitze und Lärm,
Alles, damit die Tausende noch etwas ruhiger schlafen;
Meißeln, Schleifen, Geschrei: Hier der Maschinenraum,
Dort das stille Deck für die Toten, der gleitende Frachter.
Manchmal reist man auch selbst, trägt es einen zurück,
Werden all diese Orte, sogar die Ruinen lebendig,
Nur für Sekunden, bevor ringsherum der Verkehr
Wieder in Fahrt kommt, das Hupen, das Klingeln der Telefone,
Auf der Navona vielleicht, oben am Palatin
Oder im Kolosseum, das wie ein steinernes Auge
Immerzu hinter sich starrt, nur das Vergangene sieht:
Irgendwo über mir johlen und stampfen die Siebzigtausend,
Und durch ein schummriges Licht rieselt der Sand herab.

Inhaltlich, so ist argumentiert worden, gehören die dritte und die vierte Elegie zusammen, waren ursprünglich vielleicht sogar ein einziges, langes Gedicht, wie Professor Eberhard Schuhmann vermutet (vgl. Schuhmann, Prof. Dr. Eberhard: »Bröckelnder Kontinent. Einige Anmerkungen zu einem unbekannten Dichter«. In: *Revers. Zeitschrift für Poesie und Poetik*. Berlin 2010) – allerdings ohne einen einzigen Beweis für diese Behauptung anführen zu können. Die Tatsache, daß sowohl in der dritten als auch in der vierten Elegie von Verstorbenen, von Friedhöfen die Rede ist, reicht bei einem Zyklus von zwölf Gedichten, in dem zwangsläufig Motivketten und Bildstränge verwendet werden und ein innerer Zusammenhang vorausgesetzt werden darf, ganz gewiß nicht aus. | **Campo Verano**: Auch Campo di Verano, der größte römische Friedhof, der 1835 angelegt wurde und sich im Nordosten der Stadt befindet. | **Tiburtina**: Die Via Tiburtina oder die Circonvallazione Tiburtina, beides große Straßen, die den Campo di Verano umfassen. | **San Lorenzo**: Hiermit kann entweder die Kirche San Lorenzo fuori le Mura gemeint sein, eine frühchristliche Basilika gleich neben dem Friedhof, oder das beliebte und überaus lebendige Viertel San Lorenzo, das sich südlich des Campo Verano und unweit des neuen römischen Universitätsgeländes befindet. Bei dem Namensgeber San Lorenzo handelt es sich natürlich um jenen Märtyrer, der uns unter dem Namen Laurentius besser vertraut ist – und auf den schon das Bild des »Opferrosts« in der ersten Elegie anzuspielen scheint. | **Hitze**: Die vierte Elegie muß in der zweiten Aprilhälfte geschrieben worden sein, da Pippo Mampieri sie noch vor Monatsende an der Piazza di Pasquino entdeckte; die Tatsache, daß noch vor Beginn des eigentlichen Sommers von Hitze die Rede ist, muß kein Widerspruch sein, kann doch schon das Frühjahr in diesen Breiten mit ungewöhnlich warmen Tagen verwöhnen. So vermerkt Ferdinand Gregorovius am 2. Mai 1859 in seinem Tagebuch: »Es wird schwül in Rom, wie als brütete ein Verhängnis in der Luft.« | **Navona**: Die Piazza Navona, wo sich zu antiker Zeit das Stadion Kaiser Domitians befand. Zur Entstehung des Namens äußert sich Ferdinand Gregorovius wie folgt: »Das Stadium des Domitian lag in Trümmern; der Anonymus von Einsiedeln nannte es falsch ›Circus Flaminius, wo St. Agnes liegt‹, von der alten Region dieses Namens, wozu es gehörte; aber im X. Jahrhundert hieß es im Volksgebrauch *Agonis*, von *Agon* oder *Circus Agonalis*. Indem man diese Gegend *›in*

Agona‹ benannte, entstand daraus *'n Agona*, endlich *Navona*, wie der heutige größte und schönste Volksplatz Roms genannt wird.« (*Geschichte der Stadt Rom im Mittelalter*) | **Palatin**: Einer der klassischen Hügel Roms, unmittelbar neben dem Forum Romanum gelegen und während der römischen Antike Wohnsitz der Reichen und Mächtigen, allen voran Kaiser Augustus selbst. | **Kolosseum**: Man denkt an dieser Stelle unwillkürlich an Goethes *Italienische Reise*, wo es heißt: »Abends kamen wir ans Coliseo, da es schon dämmrig war. Wenn man das ansieht, scheint wieder alles andre klein, es ist so groß, daß man das Bild nicht in der Seele behalten kann; man erinnert sich dessen nur kleiner wieder, und kehrt man dahin zurück, kommt es einem aufs neue größer vor.« | **nur das Vergangene sieht**: Ähnlich wie der Elegiendichter, möchte man anmerken, beruhen doch der resignative Ton, die Klage, die Wehmut der Elegie stets auf einem besseren, ersehnenswerten Zustand, der in der Vergangenheit liegt und unwiederbringlich verloren ist. | **Irgendwo über mir**: »Miller – oder derjenige, dem wir die literarische Figur Miller, den elegienschreibenden Flüchtigen aus dem ersten Jahrzehnt des einundzwanzigsten Jahrhunderts verdanken – vergleicht sich in dieser Passage, in dem abschließenden Distichon der vierten Elegie, mit einem antiken Gladiator. Woher wir das wissen? Nun, bei dem Sand, der auf den Sprecher herabrieselt, kann es sich nur um den sonnengesättigten Sand handeln, der den Boden jener römischen Arena, jenes Ovals der Grausamkeiten und des Massakers, bedeckte und der das Blut so manches Unglücklichen, so mancher wilden Bestie aufnahm, versickern, vergessen ließ. Zudem ist bekannt, auch wenn heute kaum noch etwas von der Inneneinrichtung erhalten ist, daß sich unter der Arena selbst, von Holzbrettern überdeckt, Räume befanden, in denen nicht nur Maschinen und Ausrüstungsgegenstände untergebracht waren, sondern sich auch die wilden Tiere sowie die Gladiatoren aufhielten, die, je nach Bedarf, das heißt dem Blutdurst der aufgepeitschten Zuschauer entsprechend, mittels Aufzügen nach oben in die Arena befördert wurden.« (Schuhmann)

Fünfte Elegie

Wie ich die Märkte liebe, Theater mit einem Stück und
  Endlosem Dialog, üppigem Bühnendekor:
Auberginen, ihr glänzendes Schwarz wie von Schellackplatten,
  Peperoncini als Kranz leuchtender Kommata,
Rucola und Basilikum, Berge von Gurken und Kohl, To-
  Maten, ihr pochendes Rot, groß wie ein Ochsenherz
Jede von ihnen. Der Mönchsbart, an Küsten und Dünen geerntet,
  Wo er den Wanderern folgt, grün in die Fußspuren tritt,
Dann unter fließendem Wasser gestutzt und gewaschen, verzehrt mit
  Etwas Zitrone und Öl. Fenchel, Radicchio, Salat,
Alles fürs Knopfloch geeignet, das wimmelnde Knäuel von jungen
  Aalen: Saubohnenzeit. Einer, Scharfrichtertyp,
Reißt ein Bund von Karotten am grünen Schopf in die Höhe
  (Ein paar Wochen danach finde ich sie als Wurf
Schrumpliger Mausejungen im Schrank). Oliven, Orangen,
  Artischocken, geschuppt, besser frittiert als gekocht,
Und das Bouquet der Zucchiniblüten. Zuletzt noch ein Blick ins
  Uhrwerk des Käsestands, dieses präzise Gold,
Duftende Mechanik von kleinen und größeren Rädern.
  Mittags ist alles vorbei, klappt man die Auslagen hoch.
Auch die Türen der Kirchen werden verriegelt; jede
  Sinkt in ihr Schummerlicht, zieht sich für Stunden zurück
In die eigene Pracht, die kühle Stille, verschließt sich
  Schneckenhaft in sich selbst – über die Stadt verteilt
Findet man nun ihre schlafenden, ihre weißen Gehäuse.
  Nur die Fremden in Rom mit ihren Kameras
Brauchen kaum eine Pause, und wie im Facettenauge
  Irgendeines Insekts werde ich multipliziert.

Während ich noch dem Jammern und Stöhnen der Müllwagen lausche,
Wach liege spät in der Nacht, fliege ich schon nach New York,
Moskau und Tokio, teile mich auf in Norden und Süden,
Reise ich als mein Bild hundertfach in die Welt.

Märkte: Jennewein bietet als Märkte, die Miller als Vorlage gedient haben könnten, vor allem solche an, die sich im Stadtteil Garbatella besuchen lassen – was angesichts seiner Theorie, daß Miller dort gewohnt habe, nicht weiter verwunderlich ist (vgl. Jennewein, Robert: »Millers Rom – eine Spurensuche in der ewigen Stadt«. In: *Der Germanist. Zeitschrift für neuere deutsche Literatur*. Innsbruck 2010). | **Ochsenherz**: Tatsächlich gibt es in Italien eine Tomate, die »cuore di bue« genannt wird und auch auf unseren Märkten, wenn auch nur selten, als Ochsenherztomate vertrieben wird – eine Bezeichnung, die sich Miller möglicherweise für seinen Vergleich zunutze gemacht hat. | **Mönchsbart**: Im Italienischen »agretti« genannt, im deutschen Sprachraum auch als Krähenfußwegerich oder Kapuzinerbart bekannt. Eine Pflanze mit dünnen, gras- oder haarähnlichen Blättern, die sich in rohem oder gekochtem Zustand verzehren läßt – mit etwas Zitronensaft, Olivenöl, Salz und Pfeffer – und einen leicht bitteren Geschmack hat. | **besser frittiert als gekocht**: In Rom ist es üblich, die Artischocke in Olivenöl zu frittieren. Als Vorspeise oder als Beilage serviert, ähnelt die so zubereitete Artischocke, als »carciofi alla giudia«, einer vertrockneten, vom Sommer verbrannten Sonnenblume und wird ganz verzehrt, wobei die Blätter nunmehr eine knusprige, das Herz der Artischocke hingegen eine cremige Konsistenz angenommen haben. | **Saubohnenzeit:** Die Saubohnen, im Italienischen »fave« genannt, kommen im späten Frühjahr auf den Markt und werden besonders gern, verfeinert mit etwas Pecorino-Käse und Olivenöl, am 1. Mai verzehrt. Wirklich dürfte die fünfte Elegie um diese Zeit, um den 1. Mai herum, verfaßt worden sein. | **Auch die Türen der Kirchen**: Tatsächlich sind die römischen Kirchen zwischen zwölf Uhr und sechzehn Uhr meist geschlossen. | **Müllwagen**: Die Fahrzeuge der römischen Stadtreinigung sind, gerade während der heißen Sommermonate, vorwiegend nachts unterwegs.

Sechste Elegie

Vögel, Livia, lieben sie nicht in den kleinen Gemeinden
  Rings um die Stadt herum, hoch in den Bergen versteckt,
Weiß und zerbrechlich wie aufgegebene Wespennester,
  Die man zwischen dem Staub, all dem Gerümpel entdeckt,
Wenn man nach Monaten wieder den stickigen Dachboden aufsucht.
  Busse klettern hinauf, keuchen zurück ins Tal,
Schleppen ihr schepperndes Himmelblau über die Serpentinen.
  Während der heißen Zeit blüht hier das Feuerwerk,
Und an den Flanken der Berge sieht man die Waldbrände weiden.
  Gleich bei dem ersten Besuch hing zur Begrüßung ein Band
Von der Laterne, endete, ob dank Leim oder Schlinge,
  Unten in einem Spatz – tot, wenig mehr, ein Lot
Tief ins Unvertraute, ein Pendel für die Verwesung,
  Während darunter der Lärm weiterging zwischen Friseur,
Spielenden Kindern und Katzen, Mofas, Brot und Melonen.
  Firste, wie abgenagt Fernsehantennen darauf,
Bingo spielende Witwen im Schatten der Kirche; ein Schuster
  Nagelt das Sternbild Fisch summend in einen Schuh.
Ab und zu eine Prozession für die heilige Marghe-
  Rita oder Eustach, mitten durchs Labyrinth
Enger werdender Wege, hingespachtelter Häuser,
  Treppen ins Irgendwo unter dem schmalen Spalt
Sonne und Wind, einer ganzen Armada triefender Wäsche.
  Gerade von dort, wo du stehst, siehst du das erste Kreuz.

in den kleinen Gemeinden: Eine ganze Reihe latinischer Ortschaften könnte hiermit gemeint sein. Eingrenzen ließe sich die Suche allein durch die Namen der Heiligen, die Miller nennt – siehe die Anmerkung zu Margherita und

Eustach. | **schepperndes Himmelblau**: Die Busse der latinischen Verkehrsbetriebe sind tatsächlich blau. | **Margherita oder Eustach**: S. Margherita – beziehungsweise die heilige Margarete von Antiochia – war eine legendäre Märtyrerin im dritten Jahrhundert, Tochter eines heidnischen Priesters, die von einer christlichen Amme erzogen wurde, zum Glauben fand und deshalb von ihrem eigenen Vater beim Statthalter denunziert wurde. Dieser verfiel ihrer Schönheit, versuchte, sie vom Christentum abzubringen und sich geneigt zu machen, und ließ sie, als sie sich ihm widersetzte, mit Fackeln verbrennen, an den Haaren aufhängen, geißeln und in Öl sieden. All diese Torturen überstand sie unverletzt. Im Kerker soll sie einen Drachen mit dem Kreuzzeichen abgewehrt haben. Schließlich wurde sie auf einem Platz von Antiochia in Syrien öffentlich enthauptet. Sie ist Schutzpatronin dreier Orte in Latium, von Montefiascone am Lago di Bolsena in der Provinz Viterbo, von Olevano Romano sowie von Coreno Ausonio. – Mit »Eustach« dürfte der heilige Eustachius Placidus – oder, wie er in Italien genannt wird, Sant'Eustachio Placido – gemeint sein. Eustachius lebte im ersten Jahrhundert und war Heermeister unter Kaiser Trajan. Während der Jagd erschien ihm ein Hirsch, der ein leuchtendes Kreuz in seinem Geweih trug; gleichzeitig war die Stimme Christi zu hören. Eustachius fand zum Christentum und ließ sich taufen. Unter Kaiser Hadrian wurde er mitsamt seiner Familie den Löwen vorgeworfen – die ihn aber nicht angriffen, sich vielmehr vor ihm verneigten. In kochendem Wasser kam der Märtyrer schließlich zu Tode. In Rom selbst findet man zahlreiche Darstellungen des Heiligen, etwa ein Relief in S. Agnese an der Piazza Navona. Die Kirche S. Eustachio an der gleichnamigen Piazza ist ihm geweiht. Als Schutzheiliger wird er, was die Region Latium betrifft, in Poli verehrt – auch dieser Ort also könnte von Miller gemeint sein.

Siebte Elegie

Sonne, Wind, die ganze Armada triefender Wäsche:
  Als der gesamte Zug längst schon vorüber war
Mit den Gesängen, dem Murmeln und Beten, den Würdenträgern,
  Nur noch gedämpft von fern jemand die Trommel schlug,
Von den gewaltigen Segeln der Tapisserien nur mehr ein
  Mottenpulverduft zart, aber streng in der Luft,
Hörte ich über mir von einer gestreiften Markise,
  Einem Balkon Applaus, zaghaft und etwas zu spät.
»È una trappola«, rief mir der dürre Alte zu und
  Drehte sich kichernd weg, bis er im Schatten verschwand,
Bis ich ihn selber sah, den Mechanismus des Todes,
  Müde das Flügelpaar, flappend und ohne Kraft,
Wie eine Spieluhr, die ausläuft. Mitten auf einer Piazza
  Heute dann Nummer drei: Mittag, die ganze Stadt
Nichts als ein Hundegähnen, wie üblich. Plötzlich ganz nah ein
  Schuß, und während am Hang blitzend ein Fenster sich schließt,
Während der Widerhall tief in den Gassen und Winkeln poltert,
  Stürzt eine Taube vom Dach wie eine Vase vom Sims,
Kippt von der Regenrinne hinunter mir vor die Füße,
  Bricht auf dem Pflaster entzwei, schüttet ihr Innerstes aus.
Stille kann dichter als Marmor werden: Ich und die Taube,
  Sonst nur die Hitze, das Licht. Als sich mein Blick wieder klärt,
Sehe ich vor mir am Haus die schäbigen Flecken, ein ganzer
  Atlas aus Putz: Von der Wand bröckelt ein Kontinent.

Auch die sechste und die siebte Elegie bilden eine inhaltliche Einheit, noch deutlicher als dies bei den Elegien drei und vier der Fall ist – wird doch hier der letzte Hexameter der sechsten Elegie fast wortwörtlich aufgegriffen und in der siebten Elegie als Eingangszeile wiederholt. | **È una trappola**: (ital.) »Es ist eine Falle« oder »Das ist eine Falle«. | **wie üblich**: Diese Formulierung läßt vermuten, daß Miller zu diesem Zeitpunkt bereits des öfteren Latium und die Gegenden um Rom besucht hatte, vielleicht gar regelmäßig den Weg ins Umland fand. | **bröckelt ein Kontinent**: »Alle diese Orte in den Bergen sind im Verfall; der Schmutz Olevanos erschreckte mich«, notiert Ferdinand Gregorovius am 28. April 1878 in seinem Tagebuch – freilich lange vor Miller, der die Ortschaften Latiums in wesentlich besserem Zustand vorgefunden haben dürfte.

Achte Elegie

Heute, Livia, will ich dir römische Brunnen zeigen.
  Ganz egal wo du stehst, einer ist immer schon da,
Flüstert dir, ob du willst oder nicht, die gesamte Geschichte,
  Seine und die der Stadt, glitzernd und kalt ins Ohr.
Neben Santa Sabina der Steinsarkophag zum Beispiel:
  Über ihm wächst ein Gott, Moose im Marmorbart,
Aus einer Muschel, spuckt aus. Woanders die beiden Tritonen,
  Schulter an Schulter – zu zweit stemmen sie ein Bassin,
Während die schuppigen Fischschwänze sich verknoten wie beim
  Armdrücken in der Bar, während es permanent
Sprudelt und überschwappt. Pferde und Krokodile, Neptun
  Spießt einen Kraken auf – oder er wringt einen Fisch
Wie einen Putzlappen aus, ein unerschöpflicher Feudel.
  Immer von Schatten bedeckt, überm Mattei-Platz,
Schildkröten, wie sie die Hände von bronzenen Jungen verlassen,
  Seit Jahrhunderten schon schwebend, immer im Sprung,
Ohne ihr Ziel, die oberste Schale, je zu erreichen.
  Überall spielt das Licht, sinkt es in Münzen zum Grund.
Palmen und Obelisken, ein paar Delphine beim Kopfstand
  Reißen die Mäuler auf, saugen die Strudel ein;
Schwere Löwenhäupter, die nur ein paar Rinnsale brüllen,
  Und dieser dickliche Mann, der mir am liebsten ist:
Aus einer Hauswand tritt er, gequält, ein Dulder, schleppt ein
  Faß vor dem eigenen Faß, vor seinem Bauch – und schenkt ein.
Immer sind da die Tauben, die Pekinesen; ein Maurer,
  Kräftig, vom Sommer gebrannt, wäscht sich die Hände und füllt
Plastikflaschen bei der Sapienza, und Hunde und Kinder
  Toben am spanischen Platz, wo man der Sonne zum Hohn
Sonnen selbst in den Stein schlug, damit sie die Becken beliefern.
  Nach einem solchen Gang, solch einem heißen Tag

Sind auch die feinsten Seidenhemden bestickt mit Salzen,
Finde auch ich in den Schlaf, ruhe, mit Laken bedeckt,
Stiller als die goldenen Münzen im Fundament des
Ponte Sisto, vom Fluß dunkel und kühl umrauscht.

Diese achte Elegie ruft eine Passage bei Werner Bergengruen in Erinnerung, wo es heißt: »Wenn Rom eine Stadt der Brunnen ist, so in einem anderen Sinne als etwa die brunnenreichen Städte der Schweiz. Dort sind die Brunnen Erinnerungsstücke und Schmuck. In Rom haben sie lebendige Funktionen. Da wird getrunken, Gesicht und Hände werden erfrischt, Tiere getränkt, Kochgeschirre und gebrauchte, strohumflochtene Weinflaschen ausgespült.« (*Römisches Erinnerungsbuch*) | **Santa Sabina**: An der Piazza Pietro d'Illiria auf dem Aventin gelegene Kirche, in der sich unter anderem die älteste geschnitzte Holztür der christlichen Kunst betrachten läßt. | **Woanders die beiden Tritonen**: Nicht alle der Brunnen, auf die Miller anspielt, nicht alle der Motive und Verzierungen lassen sich einem konkreten Ort zuweisen. Die meisten hat allerdings Robert Jennewein für seinen Aufsatz »Millers Rom – eine Spurensuche in der ewigen Stadt« (in: *Der Germanist. Zeitschrift für neuere deutsche Literatur*. Innsbruck 2010) ausfindig machen können. Die Attribute dreier Brunnen freilich sind so markant, daß sie nicht wenigen Rombesuchern vertraut sein dürften (vgl. die folgenden Anmerkungen). | **Mattei-Platz**: Die Piazza Mattei an der Via dei Funari, zwischen Via Arenula und Via del Teatro di Marcello. Bei dem beschriebenen Brunnen handelt es sich natürlich um den berühmten Schildkrötenbrunnen, die Fontana delle Tartarughe, den Taddeo Landini zwischen 1581 und 1584 errichtete. | **dieser dickliche Mann**: Ein tatsächlich ungewöhnlicher Brunnen, auf den die Beschreibung paßt, findet sich etwas versteckt in einer Seitenstraße des Corso, in der Via Lata nämlich. | **Pekinesen**: Über die römische Vorliebe für Zierhunde ließe sich ein ganzer Essay schreiben; schon Ferdinand Gregorovius scheint die Freude der Italiener an diesen Vierbeinern aufgefallen zu sein: »Die Römer liebten Bilder von Tieren, und das köstlichste Werk in Rom war der bronzene Hund, der seine Wunde leckte, im Kapitolischen Tempel aufgestellt.«

(*Geschichte der Stadt Rom im Mittelalter*) Anders dürfte es Goethe gesehen haben: »Manche Töne sind mir Verdruß, doch bleibet am meisten / Hundegebell mir verhaßt: kläffend zerreißt es mein Ohr.« | **Sapienza**: Die römische Universität La Sapienza, deren ältestes Gebäude sich nahe der Piazza Navona in der Via del Rinascimento befindet. Der weitaus größere universitäre Komplex, die Città Universitaria, liegt allerdings seit 1935 nördlich des römischen Hauptbahnhofs. | **am spanischen Platz**: An der Piazza di Spagna also. Es handelt sich bei dem genannten Brunnen um die Fontana La Barcaccia, den Pietro Bernini 1627 konzipierte. | **die feinsten Seidenhemden**: Felicitas Huber sieht diese Formulierung als sicheres Indiz dafür, daß es sich bei Philip Miller um einen wohlhabenden Mann gehandelt haben oder noch immer handeln muß – wobei sie nicht nur davon ausgeht, daß Philip Miller mit dem Sprecher der Elegien identisch ist, sondern daß es tatsächlich der Sprecher der Elegien und damit Philip Miller ist, der die erwähnten Seidenhemden trägt (vgl. Huber, Felicitas: »Von Deck- und Künstlernamen: Auf der Spur eines europäischen Phantoms«. In: *Deutsche Zeitschrift für Kriminalistik*. Kiel 2010). Dies freilich wird mit keiner Silbe erwähnt, genausogut könnte es sich um eine Beobachtung handeln, die Miller beziehungsweise sein Alter ego an einer anderen Person gemacht hat. | **Finde auch ich in den Schlaf**: Welch ein Unterschied zum selig schlafenden Goethe: »Gestern abend, als ich zu Bette ging, fühlt' ich recht das Vergnügen, hier zu sein. Es war mir, als wenn ich mich auf einen recht breiten, sichern Grund niederlegte.« (*Italienische Reise*) | **Ponte Sisto**: Eine der Tiberbrücken, die von der Via dei Pettinari zum Stadtteil Trastevere hinüberführt. Von den Goldmünzen berichtet auch Gregorovius: »Der Verkehr mit Trastevere wurde durch den Neubau der Janiculensischen Brücke erleichtert. Sie hieß damals Ponte Rotto, seither Ponte Sisto. Am 29. April 1473 legte der Papst, auf einem Kahne stehend, den Grundstein und versenkte in die Fundamente einige Goldmünzen. Die Brücke wurde zum Jubeljahr 1475 fertig. Dieses Werk ist schwerfällig und plump, aber so stark, daß es noch heute unversehrt dasteht.« (*Geschichte der Stadt Rom im Mittelalter*)

Neunte Elegie

Plötzliche Windstille draußen – die Hauben der Nonnen hängen
Silberweiß und schlaff mitten in den August.
Alles schließt. Das Postamt schließt seine Schalter, die Bank den
Safe, und vor jedem Geschäft rattern mit kalter Wucht
Rolläden aus Metall herab. Seinen Warteraum ver-
Riegelt der Arzt, nebenan schließt der Notar die Kanzlei.
Kinos schließen die Säle, Theater den Vorhang, Plakate,
Eben noch bunt hinterm Glas, stehlen sich fort über Nacht.
Kioske werden verrammelt wie Taubenschläge, das Schwarz auf
Weiß des Gedruckten verstummt, gurrt keine Schlagzeilen mehr.
Schlachter verschließen die blutigen Schürzen, die Tankstelle auf dem
Gehweg den Dunst von Benzin, Flecken von Motoröl.
Eidechsen schließen die Augen, Mauern die Risse darüber.
Alles hält inne. Kokett schließt der Magnolienbaum
Blüte um Blüte, verstreut sie wie seidene Taschentücher.
Bahnhöfe schließen und Bars, Markthallen, Schönheitssalons,
Münztelefone und Taufbecken, Ampeln und Ambulanzen,
Fahrpläne, Glockengeläut, Katzen, die Schatten im Park;
Klimaanlagen, die Wäsche vorm Fenster, Verkehrspolizisten,
Wegweiser und Kakteen, Straßenlaternen, der Mond,
Fledermäuse und Beichtstühle, Taschenspiegel, Biscotti,
Schulen und Rosmarin, Parkhäuser, Lotterien,
Weihrauchschwenker und Pinienzapfen, der Tunnel, der wie ein
Eingang zur Unterwelt zwischen zwei Spuren klafft,
Sonnenschirme, Sardinen und Apotheken, der stolze
Oleander, der Zoo, Poster und Parlament,
Denkmäler für die Freiheitskämpfer, Schwärme von Mücken,
Brunnen, Gullis, der Fluß. Längs der leeren Alleen
Stellen die Pomeranzen ihr bitteres Leuchten ein, die

Quellen den kühlen Strahl. Neben dem künstlichen Teich
Schlüpfen die Schildkröten unter die Panzer, die letzte verzagte
Wolke verschwindet und läßt endlose Bläue zurück.
Plötzliche Windstille draußen: Die Hauben der Nonnen hängen
Silberweiß und schlaff in den August hinein.

in den August: Spätestens im August leert sich die Stadt tatsächlich zusehends: Die meisten Römer verbringen die heißesten Wochen des Jahres am Meer und überlassen die Stadt den Touristen. »Ferragosto«, eigentlich nur den 15. August und damit unser Mariä Himmelfahrt bezeichnend, ist der Höhepunkt dieser Zeit, gilt als der heißeste Tag und steht damit auch stellvertretend für die gesamte sommerliche Urlaubszeit. | **biscotti:** (ital.) Kekse. | **Lotterien:** »Ein Zauberer mischt sich unter die Menge, läßt das Volk ein Buch mit Zahlen sehn und erinnert es an seine Leidenschaft zum Lottospiel.« (Goethe, *Italienische Reise*) | **der Tunnel, der wie ein / Eingang zur Unterwelt:** Auch dieser Tunnel ist kaum lokalisierbar, leiten doch mehrere römische Tunnel den Stadtverkehr in den Untergrund, etwa jener an der Via Nomentana, kurz vor der Porta Pia beginnende – um nur ein mögliches Beispiel von vielen zu nennen. | **Zoo:** Der Giardino Zoologico im Norden der Villa Borghese. | **Parlament:** Das italienische Parlament, die Camera dei Deputati, befindet sich im Palazzo Montecitorio an der Piazza del Parlamento unweit des Corso. | **Denkmäler für die Freiheitskämpfer:** Auch hier gibt es zu viele dem Nationalhelden Garibaldi gewidmete Denkmäler – um nur den berühmtesten aller Helden zu nennen –, als daß eine genauere Ortsangabe möglich wäre. | **Fluß:** Der Tiber. | **Pomeranzen:** Bei den Orangenbäumen, die viele römische Straßen säumen und dem staunenden Besucher ein Bild der Pracht und des Überflusses bieten, handelt es sich in der Tat um Pomeranzen, deren Früchte zwar ungiftig, aber doch nur in sehr geringen Dosen eßbar sind.

Zehnte Elegie

Livia, hin und wieder werde ich noch in der Nacht vom
Doppelten Mörserschlag eines Gewitters geweckt,
Oder der Donner rast plötzlich als Schwertransporter vorüber –
Während man gerade ißt, bringt er das Teegeschirr
Leise zum Klirren, scheppern die Teller in den Vitrinen.
Spiegel sind seine Fracht, ringsum verschüttet, verstreut;
Stunden später sieht man sie noch in den Rinnsteinen liegen.
Wo, denke ich, sind wohl jetzt jene ohne ein Dach?
Sie im bunten Gewand, die »felice ma povera« ist, so
Steht es auf ihrem Karton; sie, die am Hauptbahnhof
Käufer fürs Töchterchen suchte, der alte barbone mit nichts als
Lappen um Wade und Fuß, der mir zu folgen schien,
All die Verstümmelten, traurige Wegweiser an ihren Ecken,
Oder die Katzenfrau, deren geschminkter Mund
Abends als viel zu orangener Mond überm Stadtpark leuchtet?
Nicht als letzter auch er, unterm Gianicolo
In einer Kurve am Hang: ein Wohnwagen ohne Scheiben,
Weißes, zerbeultes Ei, drinnen sein Dottergesicht;
»Qui non abita Antonino«, verrät ein Zettel.
Wo aber wohnt er dann? Wer aber wäre er selbst?
Regen vorm offenen Fenster, und jeder Tropfen selbst ein
Fenster in Miniatur, kunstvoll und winzig klein –
Viel zu viele, um jedes zu öffnen, hineinzusehen.
Quer durch den dunklen Hof klingelt ein Telefon,
Klingelt und klingelt noch immer. Es scheint sehr dringend zu sein, ein
Anruf von oben. Es drängt, klingelt. Es hört nicht auf.

Teegeschirr: Auch diese Passage hat – ähnlich wie die Seidenhemden der achten Elegie – zu Spekulationen seitens Felicitas Hubers geführt (vgl. Huber, Felicitas: »Von Deck- und Künstlernamen: Auf der Spur eines europäischen Phantoms«. In: *Deutsche Zeitschrift für Kriminalistik*. Kiel 2010). Doch auch wenn es richtig ist, daß Italien von jeher weniger ein Land der Tee- als der Kaffeekultur ist, geht man wohl zu weit, wollte man im erwähnten Teegeschirr ein Attribut gehobenen Lebensstils oder verfeinerter Manieren sehen – und damit zu Rückschlüssen auf die Persönlichkeit Philip Millers oder seines Schöpfers zu gelangen, wie Huber es tut. | **Wo, denke ich, sind wohl jetzt jene ohne ein Dach**: Professor Schuhmann merkt zu Recht an, daß sich Millers Blick hier erstmals wirklich vom eigenen Innenleben ab- und dem Leid anderer Menschen zuwendet, daß er nicht mehr (wie das Kolosseum der vierten Elegie) »nur das Vergangene sieht«, sondern etwas wie Empathie in seinen Zeilen spürbar wird (vgl. Schuhmann, Prof. Dr. Eberhard: »Bröckelnder Kontinent. Einige Anmerkungen zu einem unbekannten Dichter«. In: *Revers. Zeitschrift für Poesie und Poetik*. Berlin 2010). | **felice ma povera**: (ital.) Glücklich, aber arm. | **barbone**: Im Italienischen wörtlich ein »großer Bart«, umgangssprachlich jedoch ein Obdachloser, ein Stadtstreicher. | **der mir zu folgen schien**: Man liegt wohl nicht ganz falsch, wenn man annimmt, daß es sich hierbei um keinen anderen als Pippo Mampieri handelt, der ja, wie wir wissen, dem Autor der Elegien tatsächlich einmal gefolgt ist, um mehr über ihn in Erfahrung zu bringen. Siehe dazu die in der »Einführung in Leben und Werk« zitierten Auszüge oder aber die vollständigen Berichte (vgl. Miller, Philip: »Zwölf Elegien«. Sonderdruck der Zeitschrift *Revers. Zeitschrift für Poesie und Poetik*. Mit den Protokollen von Agnese Rossi und Pippo Mampieri sowie einem Interview mit Prof. Alberto de Angelis. Berlin 2009). | **Katzenfrau**: Gemeint ist hier wohl eine der meist älteren römischen Damen, die sich, sei es aus Einsamkeit, Tierliebe oder einer Kombination von beidem, der Pflege der zahlreichen römischen Katzen angenommen haben, die überall das Stadtbild prägen, insbesondere auf den Friedhöfen und in den öffentlichen Gärten und Parks. | **Gianicolo**: Keiner der klassischen sieben Hügel Roms, doch immerhin eine sehr markante Erhebung nördlich und westlich des Stadtteils Trastevere. Seinen Namen verdankt er dem Gott Janus (italienisch »Giano«). Besonders gut zu sehen auch von einem etwas weiter entfernten Punkt aus ist das Reiterstandbild Giuseppe Garibaldis auf der nach ihm benannten Piazzale. | **Qui non abita Antonino**: (ital.) »Hier wohnt kein Antonino« oder »Antonino wohnt hier nicht«. | **klingelt ein Telefon**: Etwas bemüht erscheint der Versuch von Felicitas Huber, aufgrund dieser Stelle Rückschlüsse auf ein mögliches früheres Berufsleben Philip Millers ziehen zu wollen, auf eine »Zeit, in der das ständige Klingeln der Telefone, die hektische Betriebsamkeit der Börse und der Finanzmärkte seinen Alltag bestimmten, dessen Geräuschkulisse hier, in der zehnten Elegie, ein fernes, römisches Echo findet« (vgl. Huber). Professor de Angelis bringt demgegenüber eine metaphysische Variante ins Spiel, wenn er in dem »Anruf von oben« einen Anruf von ganz oben, also von Gott, erkennt (vgl. Miller, Philip: »Zwölf Elegien«).

Elfte Elegie

Abends, die Bar. Jene Brosche, gesteckt an die Bluse einer
Dame, ist ein Insekt, ist eine Brosche, smaragd-
Grün, doch mit Flügeln daran, zwei großen Flügeln, zwei kleinen,
Glitzernd, schillernd im Licht. Herbst, und der Kellner schaut
Sorgenvoll in die Wolken, zu denen die Stare sich sammeln,
Als, wie im Jahr zuvor, flirrend sich Punkt um Punkt
Fallen läßt in den einen Drang, den gemeinsamen Süden.
Wie eine Lunge sich bläht, wieder zusammensackt,
Atmet das ganze Gebilde den römischen Himmel: Wie jeder
Schwarm sich selber durchdringt, wenn sich der Kompaß dreht;
Wie sie sich fangen im eigenen Netz und entkommen in eine
Leichtere Geometrie. Sinnlos jeder Versuch,
All das jemals zu zählen, Vögel, Tage, Minuten.
Kaiser Heliogabal wollte die Einwohnerzahl
Roms anhand der Spinnennetze bestimmen und schickte
Diener in jedes Haus, jeden Palast, jedes Loch,
Ließ hinter Schränken suchen, in Ritzen und Winkel blicken.
Wie viele Netze es gab, als er mit achtzehn starb
Unter den Dolchen der eigenen Wachen? Wer weiß. Aber zweifel-
Los war es nunmehr ein Netz weniger als zuvor.
Neben mir stapelt der Kellner Stuhl um Stuhl in den Abend,
Wischt, versiegelt den Tisch. Dann fliegt die Brosche auf.

Herbst: Die elfte Elegie muß in der ersten Oktoberhälfte, spätestens Mitte Oktober verfaßt worden sein – zumindest ist sich Agnese Rossi ganz sicher, die Elegie am 18. Oktober, ihrem Geburtstag, an der Pasquino-Statue gefunden zu haben. | **die Stare:** Im Herbst sammeln sich die Stare in Rom, um von dort aus weiter Richtung Süden zu ziehen – ein Phänomen, das sich während der letzten Jahre zu einem Problem für die Stadtverwaltung, nicht zuletzt auch für die römischen Flughäfen entwickelt hat, so pittoresk der Anblick der riesigen Vogelschwärme für Rombesucher auch sein mag. | **Kaiser Heliogabal**: Caesar Marcus Aurelius Antoninus Augustus (204–222 n. Chr.), römischer Kaiser von 218 bis 222 n. Chr., berühmt und berüchtigt wegen seiner exzentrischen Lebensweise. | **anhand der Spinnennetze**: Tatsächlich erwähnt auch Edward Gibbon diese kuriose Fußnote zur Geschichte Roms: »Die thörichte Neugierde des Heliogabal soll versucht haben, aus der Menge der Spinnengewebe die Zahl der Bewohner Roms zu ermitteln.« (*Verfall und Untergang des Römischen Imperiums*)

Zwölfte Elegie

Draußen die zähen Fliegen des Sommers, wie schwarze Magneten
Gegen die Scheiben gepreßt: Stöhnend nahm unser Zug
Fahrt auf, stotterte mühsam die ersten Eisenvokabeln.
Nachtfrost, und immer noch fiel Nachricht um Nachricht das Laub
Von den Platanen. Gleichgültig setzte sich alles erneut zu-
Sammen, vorm Fenster die Welt, zwischen den Fenstern wir,
Jede schlummernde Hand mit dem bunten Kanarienvogel
Eines Mobiltelefons, selber noch leblos und stumm,
Während es uns durch die Dunkelheit zog, mit Blaumann und Anzug,
Köpfe ans Polster gelehnt, Aktentaschen im Schoß,
Eulenartig mit Sonnenbrille, mit der Gazzetta
Dello Sport vorm Gesicht. Plötzlich, am Ende des Gangs,
Sah ich die gelben Turnschuhe leuchten – ein massiger Körper,
Schlafend der ganze Mann, aber die Schuhe hellwach –,
Dachte prompt an die Hühnerklaue, die ebenso gelb war,
Wochen zuvor auf dem Markt, welche von Schlachterhand
Wechselte in die eines Jungen, der glücklich davonlief.
Jenseits von Brücke und Fluß wurde es langsam hell,
Stemmte die Sonne sich hoch und zog sich aus ihrem Abgrund
Über den Horizont. Alles verwandelte sich,
Selbst die Brachen begannen zu glühen, die schiefen Baracken,
Zwischen Gleis und Gleis funkelten Nuggets von Müll.
Irgendwo in den Vororten mußten wir sein, wo sich die
Schlinge der Stadtautobahn straff um die Wohnblöcke legt,
Tief im Herzen der Peripherie, wo die Möbellager
Ruhen wie blankgenagt, riesenhaft und weiß,
Prähistorische Wirbel – da kreischte der Zug und kam auf
Freier Strecke zum Halt. Nirgends ein einziges Schild.
Alles erhob sich, drängte zum Ausgang, auch meine beiden
Schuhe aus Gelb standen auf, gingen. Und ich ging mit.

Eulenartig mit Sonnenbrille: Die römische Leidenschaft für große Sonnenbrillen wird tatsächlich weder von Nacht noch dunklen Innenräumen gedämpft. | **Gazzetta / Dello Sport**: Eine große, seit 1896 in Mailand erscheinende Tageszeitung, die sich ausschließlich mit sportlichen Ereignissen beschäftigt. | **Fluß**: Wiederum der Tiber – oder gar ein weniger zentrales Gewässer wie etwa der Aniene? | **blankgenagt, riesenhaft und weiß / Prähistorische Wirbel**: Wer dächte hier nicht an Goethe und seine *Venezianischen Epigramme*? »Pilgrime sind wir alle, die wir Italien suchen: / Nur ein zerstreutes Gebein ehren wir gläubig und froh.« | **Und ich ging mit**: »Der Abschied von Rom ist schmerzlich und ein Aufreißen der Seele. Er stellt einem alles Ungenügen des irdischen Zustandes vor Augen. Wer scheidet, nach einem Aufenthalt von Tagen oder von Jahren, der scheidet mit dem Bewusstsein, kaum erst begonnen zu haben. Und niemand weiß, ob er der Wiederkehr gewiss sein kann.« (Werner Bergengruen, *Römisches Erinnerungsbuch*) Man denke auch an die nächtlichen Ängste, die Ferdinand Gregorovius in seinen Tagebüchern beschreibt, wo es am 10. März 1867 heißt: »Mir träumte eines Nachts, daß ich Rom verlassen mußte, und sträubend mich an einen Telegraphenpfahl fest anklammerte – unten lag eine nebelnde und häßliche Welt.« Vielleicht täte man gut daran, sich an Goethe und die tröstlichen Worte in seiner *Italienischen Reise* zu halten: »Soviel kann ich sagen, daß ich in Rom immer glücklicher geworden bin, daß noch mit jedem Tage mein Vergnügen wächst; und wenn es traurig scheinen möchte, daß ich eben scheiden soll, da ich am meisten verdiente, zu bleiben, so ist es doch wieder eine große Beruhigung, daß ich so lang habe bleiben können, um auf den Punkt zu gelangen.« Man darf hoffen, daß auch unser Autor, jener sich hinter dem Namen Philip Miller verbergende Zeitgenosse, lange genug in Rom war, um an einen solchen Punkt zu gelangen. Und von dort aus neu zu beginnen.

Dank

Der Herausgeber dankt Anna, Petra und Ferdinand Brant für Gespräche und einen Rundgang über den Hof sowie für Einblicke in private Briefe und Unterlagen; Dr. Veronika Schütte für wertvolle Hinweise zum Werk Anton Brants; Thaddäus Winkelmann und Dr. Bernd Wunderlich für lange Abende, für Bewirtung und Konversation; Ingeborg Walter für die Übersetzung des Essays von Roberto Zapperi, Roberto Zapperi selbst für seine Begeisterung und seinen Einsatz, beiden für die schönen gemeinsamen Stunden in Rom; Agnese Rossi für ihre freundlichen und hilfreichen Briefe; Julia Graf von Hanser Berlin für die Übersetzung der Briefe Agnese Rossis und für die nochmalige Sichtung der im Original in italienischer Sprache abgefaßten Berichte Agnese Rossis und Pippo Mampieris; er dankt dem Lektorat Nord für nie versagten Rat und stete Hilfe; Sven-Ingo Koch und Björn Kuhligk, den Kritikern und Lesern; Thomas Girst, der die Widmung ganz richtig verstehen wird; und wie immer Maritta.

Ein Jahr Rom: Dass ein so hochbewusster Lyriker wie Jan Wagner sich nicht naiv der schönen Herausforderung stellen würde, in der Ewigen Stadt Gedichte zu schreiben, davon war auszugehen. Der Weg, den er gewählt hat, um die Bürde der Tradition für sich als Inspirationsquelle nutzbar machen zu können, zeigt ihn als phantastischen Spieler: Er hat ein gleich dreifaltiges Alter Ego erfunden, drei Poeten, die für ihn hemmungslos Elegien aufs Papier werfen, sich lustvoll in das Korsett der Anagrammdichtung schnüren oder in der handfesten Sprache eines Bauern schwelgen: Philip Miller, Theodor Vischhaupt und Anton Brant. Jan Wagner selbst tritt als Herausgeber dieser drei Dichter auf, führt sie in dieser Rolle mit maßgeschneiderten Kurzbiographien ein und begleitet die Gedichte auch mit einem kommentierenden Apparat, samt Verweisen auf weiterführende Literatur. Ein herrliches Spiel und zugleich die Entdeckung dreier nicht zu verachtender Lyriker.

Jan Wagner, geboren 1971 in Hamburg, lebt in Berlin. 2001 erschien sein erster Gedichtband *Probebohrung im Himmel*. Es folgten *Guerickes Sperling* (2004), *Achtzehn Pasteten* (2007) und *Australien* (2010). Für seine Lyrik wurde er vielfach ausgezeichnet, zuletzt mit dem Hölderlin-Preis der Stadt Tübingen und dem Kranichsteiner Literaturpreis.